1-12

13-22

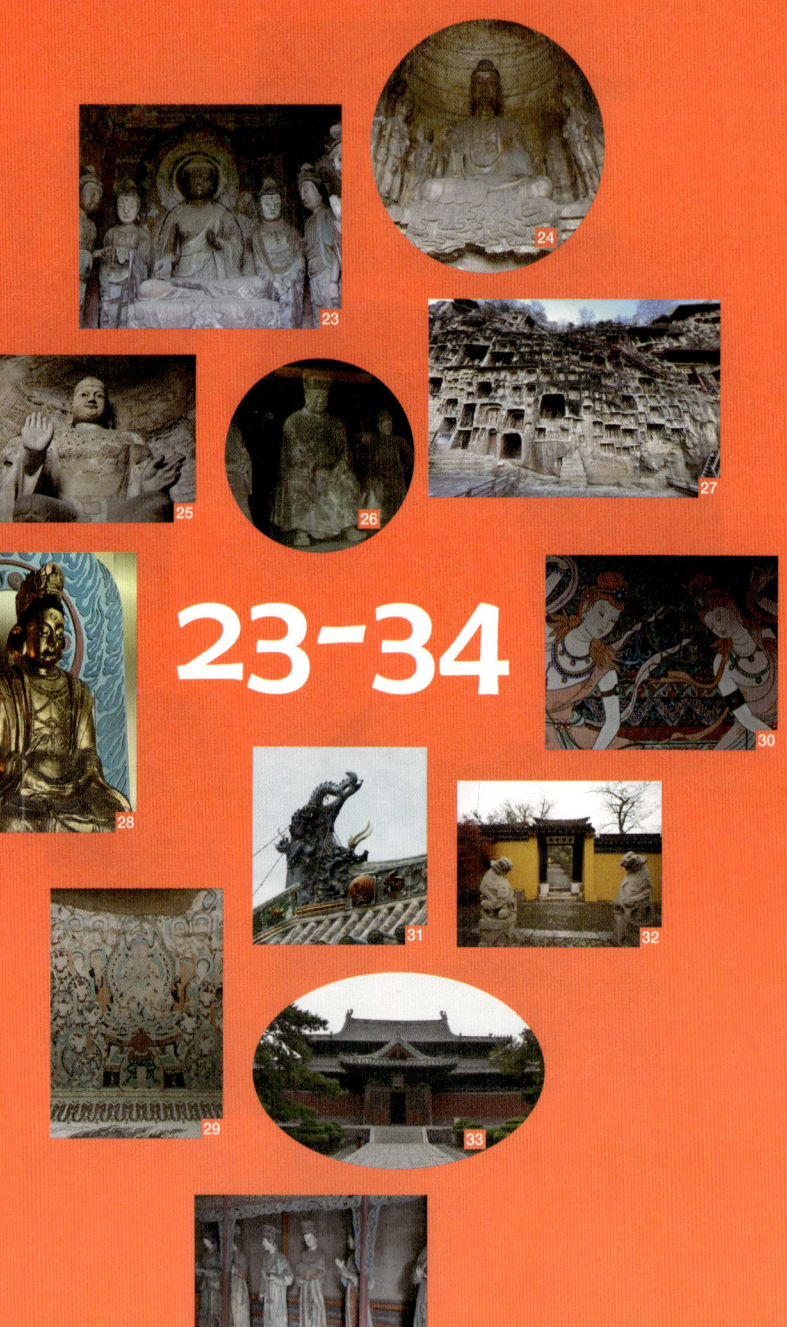

23-34

35-45

1　飞云楼
2　泰顺廊桥
3　赣州古城城墙与赣江
4　江心屿上的西塔
5　湖州古城潮音桥
6　灌口驿道深青桥
7　统万城
8　镇北台
9　波罗古堡的古塔
10　无定河谷
11　杀虎口附近的长城
12　雁门关长城
13　狮子林九狮峰
14　耦园云墙
15　留园冠云峰
16　网师园园景
17　番仔楼
18　联丰花萼楼
19　二善潮源楼
20　百侯镇的建筑
21　九头马
22　丛熙公祠拜亭

使用说明：

序号对应前文的图片，也对应正文页面下方的 *1* 标识，可找到相同图片，了解相关知识。

23　麦积山石窟佛像
24　巩义石窟寺大佛
25　云冈石窟大佛
26　显应宫郑和像
27　千佛崖
28　皇泽寺武则天像
29　敦煌飞天
30　玄中寺壁画
31　永乐宫建筑细节
32　紫金庵
33　隆兴寺摩尼殿及抱厦北面
34　晋祠圣母殿内仕女像
35　临水宫
36　爱荆庄
37　广善寺
38　东山关帝庙门楼
39　揭阳关帝庙
40　悬空寺
41　恒山
42　千佛阁
43　青龙宫门罩正面的雕刻
44　南山宫
45　涌泉寺碑亭

走！跟着山鹰访古迹

朱敬恩 著

大自然博物记

广东科技出版社
全国优秀出版社

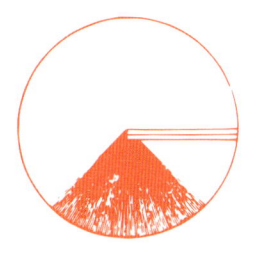

目录

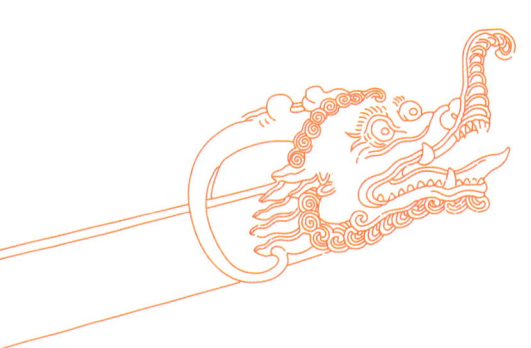

时光印迹：
风雨古城的千年传奇　　　　　001

01　大唐云中来——飞云楼　　　　003
02　贯通古今的"虹桥"——泰顺廊桥　　007
03　诗意春行——赣州古城　　　　011
04　瓯江水上故事长——江心屿　　　017
05　天堂本该此模样——湖州古城　　　023
06　穿越大海的古驿道——灌口驿道　　029
07　南北两边皆故乡——长城　　　　035

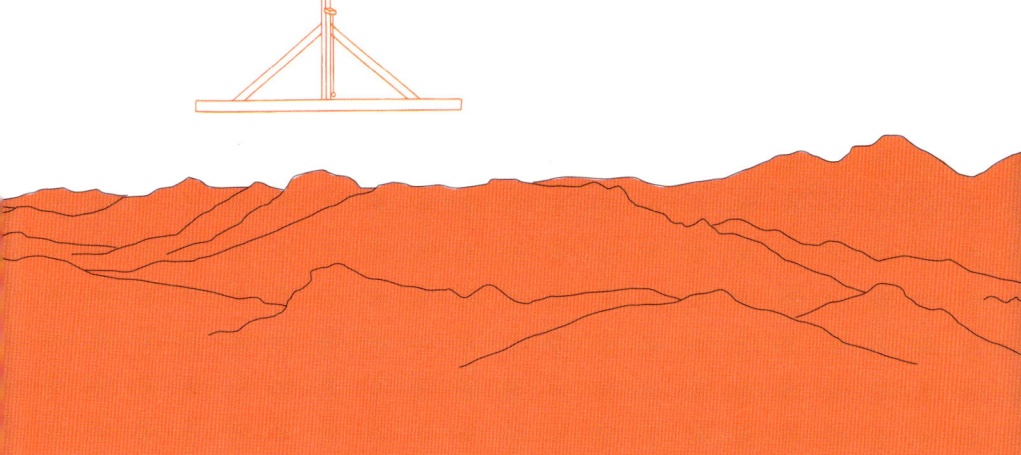

诗意田园：
园林民居中抚今追昔　　　051

01	禅净一致 —— 狮子林	053
02	相逢有爱不恨晚 —— 耦园	061
03	奇巧处处 —— 留园	067
04	渔隐何处 —— 网师园	075
05	拳拳中国心 —— 番仔楼	081
06	乡愁千百年 —— 粤东土楼和百侯古镇	087
07	不拘一格 —— 九头马	097
08	海归的高光时刻 —— 丛熙公祠	103

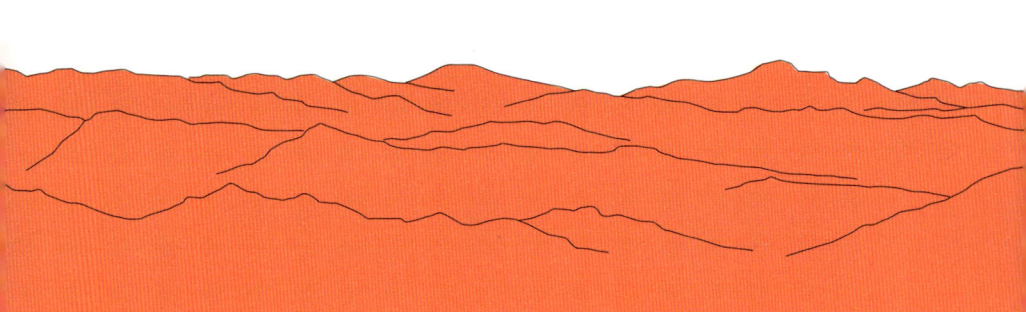

古韵今风:
石窟壁画的动人故事　　111

- 01　崖上闻妙音——麦积山石窟　　113
- 02　菩萨入凡尘——巩义石窟寺　　117
- 03　繁盛尽在云深处——云冈石窟　　123
- 04　人间有仙神——显应宫　　131
- 05　女皇的身影——千佛崖与皇泽寺　　137
- 06　探寻"画中仙"——甘晋记行　　145
- 07　神仙"嘉年华"——永乐宫　　151
- 08　罗汉满堂——紫金庵　　157

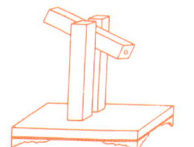

心灵净土：
寺庙宫祠间时空流转　　　　　163

01　尘世之外的美——隆兴寺　　　　165
02　别样"大观园"——晋祠　　　　171
03　女性的光芒——临水宫与爱荆庄　　　177
04　柏林深处藏宝刹——广善寺　　　183
05　天南地北的装修风——关帝庙　　　187
06　近观佛，远看山——悬空寺与恒山　　193
07　祈愿黄河畔——千佛阁与青龙宫　　199
08　文以载道——南山宫　　　　205
09　清凉无限——涌泉寺　　　　211

　　"知识扩展"索引附录　　　　221

时光印迹：
风雨古城的千年传奇

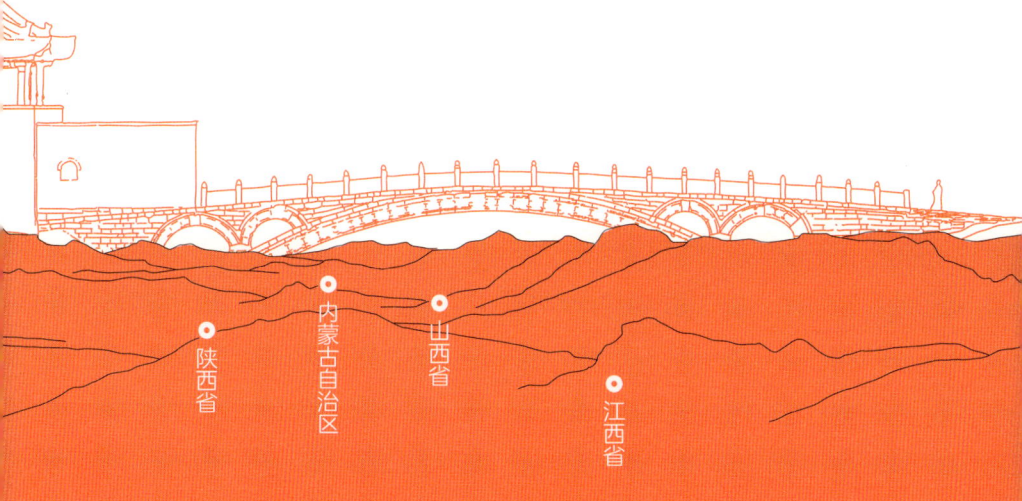

陕西省　内蒙古自治区　山西省　江西省

01

大唐云中来
——飞云楼

我是从"危楼高百尺,手可摘星辰"知道有一种修辞手法叫"夸张"的。

夸张的好处是让人记忆深刻,即便你知道那并非真实,却也愿意让想象力信马由缰,享受这虚幻带来的快感,在宏大的场景里驰骋。

然而,有时候你会发现,真实比夸张更令人赞叹。

山西西南部有一个万荣县,县城中心原本叫作解店镇,那里有座东岳庙,庙虽不大,却颇有些年头,稍微推算推算,便到了唐贞观年间。不过时间太长,很多东西也就留不下来了,无论有多么遗憾,也没办法。如今这里的建筑多是元明清历代重建和修缮之后的遗存。山西元明清的建筑数不胜数,让我大老远跑来看这座庙的,

⊙ 山西省

飞云楼

是庙里的一栋木楼，号称"天下第一木楼"的飞云楼[1]。

　　来飞云楼前两年，我也专门去看了一座楼——山西省长治市南宋村的五凤楼，并且有幸登楼远眺，将晋中好山水尽收眼底。我并非"古建达人"，勉强算一个爱好者，我只是出于本能地被吸引、去注目，然后忍不住感慨：原来复杂的结构与优雅的形态竟能够结合得如此美妙，仿佛是一首令人唇齿生香的诗。

　　五凤楼窈窕、灵动，如飞欲翔。眼前的飞云楼不同，它端庄、气派，隐隐地又透着一股华贵、慵懒和不可一世，这是一种很奇妙的感觉，是矛盾的杂糅。我本不清楚为何要在东岳庙里修一座楼，看门的老大爷跟我说，

[1]

01

这楼不是祭祀用的,而是一座乐楼。

飞云楼原本有三座,除了如今这座位于解店镇,另两座在附近的张瓮和古城。相传,唐高祖刚得天下不久,世心未稳,叛乱不止。武德二年(619年)冬,李世民挥师东征,铁马冰河,跨越黄河屯兵于张瓮、古城、解店三地,构成掎角之势。叛军很快作鸟兽散,心情大喜的李世民遂命人在三处分别建了一座庙宇和一栋乐楼,以壮观瞻,顺便用于祈福和欢庆。好不得意!

老大爷说张瓮的庙和楼早就没了,古城的楼也在抗日战争时期不幸被拆,只有解店的飞云楼有幸留了下来。从建筑风格看,现在的飞云楼是清代乾隆年间重修后的形制,至于唐朝的故事,早已经是已故之事了。

飞云楼只有二十来米高,却在当地民间留下了一句"万荣有个飞云楼,半截插在云里头"。立在楼下,仰视所见,飞檐叠叠如华盖重重,斗拱密密麻麻似羽箭千发,翼角翘动好似鹰隼振翅,气派非凡。走进去,四根通天柱直上层顶,四周三十二根粗木如负天的巨人,站立成棋盘之势。全楼明三暗五,层层而上,层面分正方形与十字形交错，顶为十字脊屋顶。4层屋檐、12个三角形屋顶侧面、32个屋角，还有至少300组的斗拱，我一边数，一边感慨结构之复杂。

有意思的是，这飞云楼虽然雍容华贵，但除了屋檐上覆以金、绿色琉璃瓦，楼木面却不髹漆，通体显现木材本色，雄浑质朴。我瞎琢磨着：或许是建楼者考虑到李世民有鲜卑人的血统，骨子里绝不肯做涂脂抹粉之态吧。想到这本是一座乐楼，容歌纳舞之地，倒也分外有趣。

飞云楼局部

我不知道标榜楼高到"半截插在云里头"的夸张从何而来，不过，飞云楼显然是一座可以征服每一个造访者心灵的建筑。飞云楼遥遥相对的地方有一座孤山，据说那里正是玄武门事变血迹未消之时，已经胜利在握的李世民招降名将薛万彻的地方。是夜，飞云楼中，由独舞《兰陵王入阵曲》改编而成的《秦王破阵曲》鼓乐齐鸣，120位军中能歌善舞者长袖当风，豪情直干云霄。

气度非凡的大唐盛世，从"云里头"的飞云楼，来到人间。

02

贯通古今的"虹桥"
——泰顺廊桥

"虹桥",这是谁起的名字?美极了。

在《清明上河图》中见过它,没有桥墩,水上飞起一道拱桥,合着倒影便成了满月;汴京城里的春柳伴着它,酒肆茶馆就在桥两头,不知里面是否已有楚管蛮弦之声?这是北宋最后的辉煌,然后就什么都没了,桥也没了。

浙南、闽北的莽莽山林里,有很多宗族源自历史上一次次南下避难的中原氏族,中华民族的韧性也在这些地方得以彰显。长期封闭的地理环境,不仅让语言学家们可以根据他们口音追溯出唐宋时期古人的说话方式,也让很多传统技艺一代代流传至今。因为这些技艺是一个封闭性社会不可或缺的组成部分,代代传承极为重要。

⊙ 浙江省

与此同时，古老习俗和群体文化意识也一并保存了下来，像是中华文化的脐带血。

就这样，"消失"数百年的虹桥，在20世纪90年代的浙南和闽北，又被"发现"了。

泰顺，浙南的一个小县。

这里有一重重的山，一重重的山间是一条条的山涧，山涧上人们已经来来回回走了数百年的一座座廊桥，其中有不少正是虹桥：数十根大木头交叉成拱形，也无须铆钉，堆堆架架，撑起数百年的你来我往。

泰顺的廊桥 2 大多数是在类似《清明上河图》里的虹桥上覆盖一层楼板，上面再建有阁楼，可以遮风避雨，因此又叫风雨桥。这些桥是赶路人的歇脚处、避雨地，更是夏日里当地人纳凉之所。河谷中凉风习习，斜倚栏杆处，闲聊农桑话，当真是岁月静好。从这些桥上走过的村妇老孺不计其数，也走出过不少商贾大儒。

深山里的虹桥没有汴京城里灯红酒绿的繁华相伴，却是山区里至关重要的连接。正是一座座虹桥，连同丰富的水系，让浙南、闽北山区间的人们可以互通有无，

廊桥

2

廊桥

形成了一张网——那些南迁至此的族群不再是孤孤单单的一个个点。在这张网里,族群背后的传统文化得到了真正意义上的继承和发展,否则,岁月无情,单独一个个点,太容易因为一两个偶然因素,化为历史的灰烬。

感谢那些造桥的人,也感谢那些资助造桥的人。

如今,在科学武装下的中国造桥技术,征服高山大海已不是问题,虹桥的建造技术显然已经是小儿科。廊桥也因为无法满足车辆行驶的需要,而基本丧失了其重要的使用价值。剩下的,除了继续作为乡民习惯性的公共空间,在外人眼里,似乎就只有美学价值了。

这些廊桥底若彩虹、顶似宫殿,跨过欢快的溪流或者平缓的河道;寂寞的,两边有青葱山色,相看两不厌;热闹的,商铺酒肆、人声鼎沸近在咫尺。无论是桥自身的建筑样式，还是四周的田园山野之貌，以及附近鲜活的人间生活，都无时无刻不透露着一种优雅且充满生机的美。若能将这份美传递出去，这些廊桥的价值就不怕体现不了。美会吸引人，有了人流，何愁商机？

廊桥的本质是沟通两岸的中介，如今廊桥和外界成了需要被联通的"两岸"，传递廊桥之美所需要的中介又在哪里？泰顺当地的主事者和文物保护者们找到了一个再合适不过的中介——大学生群体。

通过在浙江一些高等院校里多次集中展示廊桥之美及其背后的文化传承故事，泰顺的廊桥保护和宣传工作，成功地吸引了一大批极富热情和创新精神的大学生们。他们以廊桥为核心文化元素，创作了一系列颇受欢迎的影像作品和文创产品；以廊桥所在地区为依托，兴办乡村旅游和研学项目，让几近消失的山区手艺人又重新回到了人们的视野之中……

此番泰顺的廊桥之旅，感受着当地如火如荼的乡村经济，看着投身其中的大学生们热情洋溢的脸庞，再仔细瞧瞧那些曾经默默无闻数百年，又在20世纪90年代的新闻报道中惊艳了世人的众多廊桥，我忽然意识到，其实这些廊桥何止联通两岸，年轻人在联通了廊桥与外界的同时，廊桥不也沟通了过去、现在和未来吗？

03

诗意春行
——赣州古城

谁不爱春天呢？

再也不用哆哆嗦嗦地在风中收紧衣领。风也好，阳光也罢，都带着笑意，让人从心头暖到额头。我沿着城墙拐了个弯，迎面一棵桃树，它那被禁锢了一个冬季的自由，此刻在枝头全解放了，化作红花与绿叶合演的摇滚，是呐喊式的，惹得人们情绪越发高涨，这春天，简直更加"热"了。

此刻我在江西赣州 3 。八镜台下泡桐花开，北宋时期的城墙环绕四周，它们已经古老得让人忘记了岁月长河里的波折曾经那么多，似乎世间的一切都如同城墙外的江水那般，平缓如镜。章、贡二江在此汇成赣江，然后一路北上经鄱阳湖流入长江，再奔赴到海不复回。只

⊙ 江西省

城墙与赣江

是无论章江水、贡江水,还是赣江水,全都是一副波澜不惊的面孔,想必真的已经看淡了刀光剑影,也看惯了人世沧桑。

然而即便是这般从容冷峻,古老的赣州也会给春季留下撩人的微笑,那是落日与飞鸟的共影,落在江上,碎了摇橹工身后的红霞;映红了城墙头上狭缝里冒出来的一棵细细小小的紫堇。

我到赣州,是想了却一个心愿。

小时候曾读到辛弃疾写的"郁孤台下清江水,中间多少行人泪",这首《菩萨蛮·书江西造口壁》起句之悲凉像一把冷箭刺伤了我的心。

大学毕业后,我曾登上位于江苏镇江的北固楼。是日风雨大作,举目皆为白茫茫,令江山掩迹。面对此情此景,想起与这里有

赣州城墙

关的诗句,"何处望神州,满眼风光北固楼",吟诵之余不免有些自嘲,又有些感怀,忽又想,同是辛弃疾写的那首《菩萨蛮·书江西造口壁》,提到的郁孤台究竟是在哪里?下山后,颇费周折才查到原来在江西赣州。那是一个手机尚未普及的时代,赣州仿佛远在天边。至于"郁孤台"名字的由来,究竟只是因为其所在的田螺岭在江边郁然孤起?还是登斯台,望大江北去千帆过后无痕,不免心郁,且人立高处更自觉孤寒?

当时无缘亲往,只能默默在心底勾画一番。

现在我来了,摆在我面前的是一座后来重建的阁楼,算算日子,建楼之日,与我当初读到那首词的时间相差并不多,至于先前的老楼,则早已毁于天灾人祸。而文人笔下所谓"郁然孤起"的田螺岭,亦不过是江边一个稍大的土丘,如今各种树木亭亭如盖,远望葱绿一片,近看还有不少花儿绽放其中,可惜都是规规整整,早已是个人工的林子罢了——甚至,看上去更像是个巨大的坟冢。

赣江风光

　　无心再看,甚至连"到此一游"的照片都没有拍,我步行去了附近的八镜台;于是遇见前面提到的那株怒放的桃花,在苔痕青深的城墙之上对着"青山遮不住,毕竟东流去"忍不住一声长叹——时光中的你我,原来都早已面目全非。

八境台

　　八镜台是孔子后人建的，后来又得到苏东坡等名家撰文加持，自是不凡。即便如今的八镜台已非原先之貌，可只要那城墙上的古砖尚在，墙内池水千年不涸，神采便依然活着。赣州春来早，紫藤花已过了最盛的季节，但依旧令游人惊喜若狂，犹如黑暗中忽见光明。至于本地人，早已习惯这些，并不曾露出一丝半点的情绪，只是从一旁走过，又消失在城门背后。

郁孤台

　　城门外，是一座浮桥，岁月有多长，桥就有多长。桥头有人在卖咸鱼和鲜鱼，一株古老的大榕树撑起一片葱绿的天空，树荫下，江畔的台阶上，是浣衣的娘子和钓鱼的小哥。家长里短的乡野闲话，在这里很容易被一个浪花掀翻然后埋葬。这里没有"朝为田舍郎，暮登天子堂"的异想天开，只有"江晚正愁余，山深闻鹧鸪"的人间深情。

我爱春天,亦是懂得观鸟的人,知道这缠绵之夜最听不得鹧鸪叫——那叫声悲切,听起来就像是别离之人在喊:"行不得也,哥哥。"而且一声更比一声慢,一声更比一声长。

谁都爱春天的欣欣向荣,然而四季轮回从未间断。也许真的只有滔滔江水才晓得其中的悲欢离合,可惜江水默不作声,只在沙洲上留下几朵浪花,迎来一只寂寞的白鹭。

春行赣州,我竟有些累了。

知识扩展

历史悠久的赣州城墙

● 赣州城墙从西津门沿章江至八境台,从八境台沿贡江经涌金门、建春门至原百胜门旁、今东河大桥止,共3664米,城高5~7米,城面宽4~6米;保留有北门、西津门、建春门和涌金门四座城门,八境台和西津门2座炮城,马面1座和部分警铺。赣州城墙对研究中国古代军事防御、城市防洪、城市建设与发展均具有重要的历史价值。

04

瓯江水上故事长
—— 江心屿

我有一位朋友的老祖宗，在温州颇为有名。

这位朋友的老祖宗是南宋时期的人，叫王十朋。王十朋进京赶考途中借宿江心寺，寺里方丈请他题个对联。江心寺在瓯江的江心屿上，江心屿[4]是温州名胜，最早是因为谢灵运"代言"出了名，至今屿上还有一座澄鲜阁，就是用来纪念谢灵运的。瓯江水连着海潮，白云挟着山的倒影在滚滚东流中宛若飞动，面对此情此景，王十朋写下了"云朝朝朝朝朝朝朝朝散，潮长长长长长长长长消"。

如此绕口的对联，方丈心底可能有一万个不满意，但还是将它留了下来。当时的江心寺已经号称南宋江南十大寺庙之一，方丈想必也该是位见多识广的得道高僧，

◉ 浙江省

这点涵养应该还是有的。后来王十朋中了状元，这副对联自然跟着名声大噪，顺理成章地，也就被挂上了山门。

江心屿名重天下的时候，中国四大名屿的其他三个尚都无人问津。现如今，知道江心屿的人可能远比知道厦门鼓浪屿的少。同属中国四大名屿的东门屿和兰屿，知道的人就更少了。东门屿在福建漳州，天高海阔，日

江心屿上的西塔

月隐曜；兰屿在台湾，面积最大，有四十多平方千米。

温州的江心屿很小，像一个缩小的古装版鼓浪屿。比起如今喧嚣如菜市场的鼓浪屿，这里依然保留着难得的宁静。也可能是因为我们去的时候正下着雨，游客极少，除了淅淅沥沥的雨声、岸边芦苇丛中红头长尾山雀的细细鸣叫，连风都是安静的。江心屿上的无柄小叶榕树也不知道究竟有几百年了，得好几个人才能合围，叶

子虽小，在雨水中却绿得异常油亮，让人打心底生出对时光的敬畏。

屿上东西各有一座塔。其中一座塔顶塌了，鸟儿衔来的种子落在上面，发了芽，春雨滋润，夏日炙烤，秋风撕扯，冬雪掩映，竟然活了下来，从砖头缝里长成一株树，像高高升起的绿色旗帜。江心屿是瓯江上的一条

江心屿上的东塔

船，塔是桅杆，树便是风帆。

另一座塔中坐着很多菩萨，也可能是佛，太高，看不清。我们在塔对面的亭子里躲雨，正瞧见一束光透过塔窗，将菩萨的剪影送到眼前。我不知道究竟有多少在这间亭子里歇息过的人留意过菩萨低垂的目光，心底还犹如我这般，觉得这是个小秘密，连周遭密匝匝的树枝都不可以让它们偷听了去。

江心屿并非一片单调的陆地，屿中亦有潋滟水色，藏在凌云桥下，依偎在廊阁之畔。逶迤之处有莲叶浮水，开阔之地可以撒网捕鱼。环水林木葱葱，绿意浓得连雨雾也兜不住。

塔中的塑像

江心屿还有浩然楼和文天祥祠。据说"浩然"两个字缘起于文天祥《正气歌》中的"天地有正气……于人曰浩然"；但是因为孟浩然也曾踏足此地，清朝时又改称"孟楼"。后来不知为何又改回"浩然"二字。文天祥祠是温州人为了纪念他就义两百年时所建，曾经内有很多碑文铭记这位中国历史上响当当的铁骨硬汉，可惜现在碑文大多都已被毁，在荒草中湮没，仅存一碑。今人重撰重刻，虽无法令古迹重见天日，但那份心、那份义、那份勇，终究是在温州人心底传承了下来。

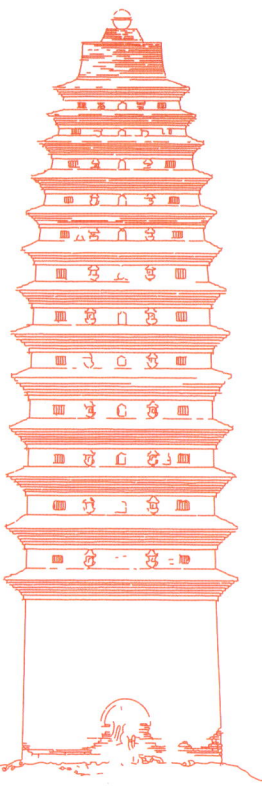

当年，文天祥去和蒙古人谈判时被扣，侥幸逃脱经过温州并在此逗留了一个月，与诸多志士共商讨蒙元大计，直至去了福州追随南宋王室。然

而，文天祥根本无法从蒙元的铁骑下挽救南宋的命运。游牧文化根深蒂固的侵略性之所以在冷兵器时代很强大，是因为它鼓动的掠夺可以直接化成动员所有成员的力量。农耕文明则是高度分工的，财富积累的同时也伴随着社会分配的高度不均。面对外来的征服者，尽管南宋朝中不乏名将，民间义士慷慨，儒家文化讲究忠孝节义，也无法将全社会在短期内拧成一股绳，抵挡不住善战的马上民族，因此只有被绞杀的命运。

好在人性中始终有向善的一面，文明，只要没有被斩尽杀绝，它就能如星星之火，终有一日能够复燃、燎原。清朝之所以用"孟浩然"代替"浩然正气"，虽无明言，仔细揣度，多半也是因为当局者心底觉得自身亦非中华文明的正统，不免心虚。

当然，若是看淡了历史风云，无论是哪一个"浩然"都是很好的。此行因为时间不足，我们到了楼下，却发现楼门紧锁，工作人员早已下班登船而去。未能登楼听雨，还是略有些遗憾。否则楼上雅座，一杯清茶香扑鼻，隔窗远眺山色空濛，慢悠悠地吟出孟浩然那句"悠悠清江水，水落沙屿出"，岂不妙哉？

我们傍晚时分才进的江心寺，

文天祥雕像

江心寺

这里已经往生的方丈木鱼老和尚,也曾在杭州灵隐寺担任过住持,是当代高僧。江心寺新盖的大殿用的全是樟木,雨水把香气压得沉沉的,在周身环绕不散,让人觉得是一种别样的纪念。至于江心寺山门上,我朋友的老祖宗写的那副对联究竟该怎么读?她肯定没想到我上小学时就知道了,当时的暑假作业上有这么一题,算是那个时候难得的趣味。

"云,朝朝,朝朝朝,朝朝朝散;潮,长长,长长长,长长长消"。翻译一下,大概是"云,早晨面对,每天早晨都面对,早晨面对又早晨消散;潮,常常涨起,常常涨很高,常常涨起又常常消退。"

温州这个地方,真是越看越觉得有意思。

05

天堂本该此模样
—— 湖州古城

都知道"上有天堂下有苏杭",但我一直觉得苏杭是富贵者的天堂,真正属于寻常百姓的天堂,是与二者构成三角之势的湖州 5 。

湖州位于太湖南岸,河网密布,桥梁众多,被列入全国重点文物保护单位的就有好几座。受时间限制,我无法一一造访,坐在小吃店里,正犯愁到底要去看哪一座。忽然发现店门口就有一座,还是最有代表性的"潮音桥"。

潮音桥横跨霅(zhá)溪,呈东西向,始建于明嘉靖年间,是座三孔石拱桥。湖州的漕运发达,中间的石孔因为要行船,所以十分高大,桥中央比两岸的老宅还要高上几分,登桥远眺,青瓦叠黛,粉墙相牵,颇有烟

⊙ 浙江省

潮音桥

云之气。数百年来,这桥上凡夫俗子走过,才子佳人走过,如今我也算走了一遭,还假模假样地撑着伞,不知道会装点了河畔哪一户人家窗外的风景呢?

潮音桥在湖州当地还有个叫法:桥中桥。因为高,所以登桥的路不得不向两岸延伸颇远,如此,南北原本沿着水岸行走的人不免被阻挡,人们干脆在桥西的石孔下另修了一座平直的小桥连通南北。如此,远在明代,湖州就俨然有了一座"立交桥"的雏形。

一位母亲站在小桥上,对着自己七八岁的女儿说:"妈妈小时候经常在这里玩,这里啊,就是你外婆以前的家。"总有人问保护古建筑的意义是什么?喏,就在这句话里。

临别的时候,我又回头远远望了此桥一眼,

秀、稳，石孔与倒影，似日月，若明镜，能将人的心思都看得清清楚楚。

真想看清世界、看清自己的话，湖州城内有一座飞英塔，不可不去。

始建于北宋的飞英塔与众不同，尤其是第一层飞檐，格外舒展。飞英塔是砖木结构，曾屡遭雷劈，但都被重新修缮。拜历代工匠们尽心尽力所赐，时至今日，此塔远看雄浑古朴，近看端庄秀丽又舒展，如佳人出梦，堪称江南无出其右。

飞英塔最大的不同是木塔里面还有一座石塔。石塔始建于唐（现存的是南宋重修的），是座舍利塔，后来舍利夜放光华，当地人或许是担心此宝会飞离，抑或招来匪盗，于是在外面又新建了一座木塔将其保护起来。名字据说取"舍利飞轮，英光普照"之意。

石塔八面五层，仿木构楼阁式分段雕刻砌叠而成。石塔上的罗汉、菩萨还有佛祖，在透过木塔层层塔门的光线照映之下，看上去甚有活力。沿着设在木塔内壁的登塔楼梯盘旋而上，我与他们一一面对，似乎感受到一

股躁动在这塔内翻涌。也许他们在这里坐了近千年,相互之间早已没什么可聊的了,突然来了一个可以听他们讲讲禅机的人,都比较激动吧。

楼梯虽窄,匠人们却设计了很好的保护措施,所以并不危险,不知不觉已然登顶,扶栏低头望去,那石塔竟如定海神针一般。耳畔忽然想起齐天大圣打上凌霄宝殿的那段锣鼓喧天、唢呐长鸣的曲子。我这才恍然大悟,那躁动的感觉是在提醒我——木塔内精心设

飞英塔外塔

飞英塔内的石塔

计的世界从来都不是天堂;天堂,只有打碎了禁锢之后才能找到。

飞英塔外,风吹塔铃声声远,红尘万丈世人忙。

这是多美的画卷!始于春秋时期太湖溇港的修建,堤防、横塘、圩田,一条条河道,一道道闸门,这些水

飞英塔内的楼梯

利工程至今依然滋养着一户户农家和一座座村庄，这里一方方池塘里鱼虾肥，一亩亩沃土上稻花香。"鱼米之乡，天下粮仓""苏湖熟，天下足"，如果这都不是天堂，那么一定是天堂的模样设计错了。

苏轼守湖州，登临飞英塔后有诗云："眼界穷大千。"赵孟頫爬上来后写道："千里湖光秋色净，万家烟火夕阳多。"我憋不出好诗，就干脆靠在飞英塔最高的栏杆上，哼了一曲小调《太湖美》，看家燕在眼前来回飞。

知识扩展

中国四大名塔分别是哪些？

● 中国四大名塔分别是嵩岳寺塔、千寻塔、释迦塔、飞虹塔。

● 嵩岳寺塔是中国现存最早的砖塔，位于河南省登封市太室山南麓的嵩岳寺内。嵩岳寺塔上下混砖砌就，层叠布以密檐，外涂白灰，内为楼阁式，外为密檐式，是中国现存最古老的多角形密檐式砖塔。

● 千寻塔是大理三塔中的大塔，高69.13米，是座方形密檐式的砖塔，共有16层，造型与西安小雁塔相似，为唐代典型的塔式之一。关于三塔的修建年代，说法颇多，一般公认千寻塔建于唐代南诏国时期。分立在大塔两侧的南、北两小塔，是一对八角形的砖塔。三塔浑然一体，气势雄伟，具有古朴的民族风格。

● 释迦塔，中国辽代高层木结构佛塔，为平面八角形五层六檐楼阁式，在山西省应县佛宫寺内。因塔内供释迦佛，故名。又因塔身全是木制构件叠架而成，所以俗称应县木塔。

● 飞虹塔，始建于东汉，位于山西省洪洞县广胜上寺，塔身琉璃镶嵌，俗称琉璃塔。塔形为平面八角形锥体十三级，通高47.63米。外形轮廓由下至上逐层收缩，形如锥体。塔身用青砖砌成，各层皆有出檐，外镶黄、绿、蓝三彩琉璃烧制，一到三层最为精致，檐下有斗拱、倚柱、佛像、菩萨、金刚、花卉、盘龙、鸟兽等各种构件和图案，构制精巧，令人目不暇接。

06

穿越大海的古驿道
—— 灌口驿道

　　厦门岛正对着鼓浪屿轮渡的地方，有一座西洋式建筑，细看会发现，罗马柱撑起的拱门两侧却雕着龙，上面写着"大清一等邮局"，这是中国最早的现代邮局之一，设立于光绪二十三年（1897年）——大清邮局成立的第二年。紧靠厦门的漳州还有一座"天一总局"，比大清邮局早16年开办，是一家专营东南亚信汇、票汇、电汇的民间银信局，见证了侨批这一特殊的历史现象，被定为全国重点文物保护单位。从这两处历史遗迹不难推测出，厦门港曾是连接大陆与南洋的水陆交通要道。不过这是清末才有的事情，再往前，厦门岛只是个没多少人的海上孤岛。

　　如今厦门市的地形大约可以简述为：大陆上的山峦

⊙ 福建省

绵延成弦月的形状，从西北方向半包围着海上的厦门岛以及鼓浪屿等诸多小岛。山峦中有数条溪流自北向南、自西向东流入海湾。因为有大海隔着，所以在清末开埠之前，厦门岛、鼓浪屿这些如今的繁华之地并没有多少人，热闹一点的是大陆上的山脚到河口地区，灌口便是其中之一。

在"家书抵万金"的时代，驿道的作用不言而喻。灌口至今仍然保留着一处古驿站的遗址，驿道是南宋时修的，驿站则是在元代才设立。我查了查，此地官方正式的叫法是"深青邮驿[6]"，决心要去看看。

资料介绍，这里保留了一座驿楼和一条驿道。现场看，楼高不过五米，道长也就五十步走完的距离，却也莫因此小觑了它们。楼是门楼，两侧另有石墙，楼上是个神龛，关老爷红着脸坐在中央；楼下是条石搭建的门洞，往里走就是街市，八九百年的吆喝声不曾停歇过；往外走是溪流，流水时清时浊、时浅时涌，也不曾止息。风从门洞里穿过，靠在门柱上似乎还能听闻驿马的蹄声渐渐缓下的节奏。溪流上的那座桥便是保留下来的古驿道，桥墩呈船形，可以减少上游下泄山洪的冲击，桥面用六米左右的长条石铺成，岁月早已将它们打磨得油光水滑，在阳光下似乎能倒映出人影来。

"深青"本是灌口山脚下一个村子的名字，山翠水

深青桥

碧,是个好名字。这溪便是从那个村子里流出来的,就叫深青溪,桥便是深青桥了,这驿站的名字自然也就有了。桥头有棵古榕,桥下的河滩湿地中,白头鹎、长尾缝叶莺、普通翠鸟都已经安家落户,不知道它们的先祖和我们的先祖是否也曾如此这般——一个欢快地绕着驿道在唱,一个静静地在桥上听。

深青桥桥面

驿道上的事离不开驿丞,这虽是个没有品级的小官,却是个不可或缺的角色,毕竟邮传迎送之事涉及的都是官家,放到今天,就是"邮政局局长""火车站站长""驻地办主任"三个职位一肩挑。所以驿丞在小地方的老百姓眼里,依旧是个重要人物。

灌口在宋代属同安县明盛乡,当时叫安仁里。深青驿站建立后,明朝时有一西川灌口(今四川省都江堰市)人来此当驿丞,也许是为了慰藉乡情,他将西川灌口二王庙里镌刻着"李府清元真君"的香炉带至此地,还养了一条猎犬。这位"李府清元真君",就是传闻中负责修建都江堰的李冰次子,李二郎。

深青古驿站的驿楼

这位驿丞死后,香炉被弃置路边,猎犬将其衔至凤山,卧守不离。乡人一来敬重这位客死他乡的驿丞,二来对猎犬的行为感到惊异,于是就地筑一小庵,置祀香炉。后来扩建成庙,也开始祭祀那位"李府清元真君",闽台人称"大使公",就有了今天的凤山庙。凤山庙附

凤山祖庙

近新修的一条大路叫安仁大道,我觉得应该给命名者点个赞。

凤山庙香火兴旺,吸引了各地人们前来,摆摊设店的日渐增多,遂成集市。因凤山庙祭祀的李二郎来自西川灌口,也为了纪念驿丞和他的忠犬,众人就把这集市命名为灌口。故而在厦门有"先有凤山庙,后有灌口镇"的说法。

郑成功收复台湾时,从灌口这一带过去的士兵,将祭拜大使公的文化传播到台湾岛各地,开枝散叶。随着

凤山祖庙具有驿丞特色的雕塑

近代下南洋的热潮,很多灌口人旅居东南亚,大使公又被带往各自的侨居地,缅甸、印度尼西亚、泰国、马来西亚等国都有大使公的香火。所以灌口的凤山庙,如今又叫"灌口凤山'祖'庙"。因为那个驿丞,在灌口治水的李冰父子以厦门为跳板,渡海去了台湾、南洋——这样的"驿道",凡人有再大的本事恐怕也设计不出来,只能说是上天的安排了。

凤山祖庙的石檐柱上,蛟龙飞绕,栩栩如生,虽是古物,不似古物;庙前驿丞牵马,本是今添,却如昨存。

07

南北两边皆故乡
—— 长城

引言

今天是七七事变纪念日。也许是近现代中国苦难的日子太多了,我们的文化又不倾向于回顾屈辱,所以无论是七七事变,还是九一八事变,往往也就那么淡淡然地过去了。

当年九一八事变之后,很多东北人逃到山海关内,与此同时,一首歌开始广为流传,曲调压抑悲愤,明明恨如洪水滔天,偏又无可奈何。歌中唱道:万里长城万里长,长城外面是故乡。

不久前,我和朋友们在陕西、内蒙古和山西自驾游玩,长城反复出现在视野之中。秦时明月汉时关,时光早已埋藏了征战的血腥味,战马的嘶鸣也让位于绿杨荫

⊙ 陕西省 山西省 内蒙古自治区

里黄鹂婉转的歌声。那些长城，有的早已是黄土一堆，有的经过修缮依旧挺拔伟岸，我们穿梭于长城南北或者来往于东西，仿佛时空穿越，有无尽的感慨，只是一时间竟不知该从哪里开始说起。

也许，该有一管羌笛在手吧……

一

长城曾经是边界。

中国的历史太长，以至于究竟哪些地方算是中国的，需要在前面加上很多定语，比如时间、文化、族群等，否则李白就成了外国人，清朝也不是中国了。长城最开始是北方各诸侯国之间，尤其是他们与更北的游牧民族之间的边界。因为地理环境的约束，而产生了不同的经济生产方式，进而是获取资源的不同战争模式，以及在此基础上形成的不同文化传统，这分割线一般的长城，虽然是人工建造，骨子里却是那个时代天人合一的产物。

陕西的靖边明长城如今就是一条横跨在公路上的长长土堆，两侧都是一模一样的杨树林。我们在迷离的小雨中遇见它，有些熟悉，又有些失望，世界早已分不清内外，也看不出南北。

借助现代导航技术，我们找到了靖边长城外的一座城，这座城曾经喧嚣繁华。然而宋太宗一把火烧了它，

07

从此寂寞黄土荒草长,明月高台不见人。一千年过去了,只有普通楼燕在这里一代又一代地繁衍生息。曾经高耸入云的堡垒上,一个又一个拳头大小的洞穴,便是它们的家。

这座城叫"统万城 7",除了坍塌的城墙、几座高台和几处宅基遗迹,也看不到什么。漠北近年降雨量大增,里里外外植被茂盛得很,一个不经意,便足以将这座城遮了去。

7　统万城

南北两边皆故乡 —— 长城

统万城

走在城里，日头高高的，风很热，绿色的植被之下，地面依然干燥。卷尾沙蜥的小心思被我们看穿了，它假装一动不动，仿佛死了一般，想糊弄我们。然而就像这座城池，"死"不过是一个假象。也许人类确实不再是这里活动的主角，但是老槐树上站着的那只纵纹腹小鸮，它目光如炬，足以穿透时空隧道，去直面发生在这里的无数重纠葛；楔尾伯劳的叫声犹如战马嘶鸣，似乎在不经意间传承了远祖的记忆；凤头百灵是不知疲惫的歌者，毋庸置疑，它还记得当年胡姬传唱的曲调。

统万城，是匈奴人在历史上遗留下来的唯一一座都城遗址。

公元 418 年，匈奴贵族赫连勃勃创立的大夏国国都统万城终于建好了，白色的夯土在日光下耀眼夺目，这原本隶属西汉王朝的奢延城焕然一新，史册有云，城内"华林灵沼，重台秘室，通房连阁，驰道苑园"。

然而，匈奴人的荣光很快就被鲜卑人北魏太武皇帝拓跋焘给掐灭了。公元 427 年，拓跋焘派一小股士兵在统万城外诱敌成功，然后用埋伏在附近山谷中的大军，将大夏国打得彻底无法翻身。再后来，北魏统一了北方十六国，但很快被隋朝替代，中华大地再一次南北江山一统，统万城重归"正统"的中华文明序列。

只是中原王朝总有自顾不暇的时候，从隋到北宋，统万城时不时地被各种势力染指，先有梁师都勾结突厥人占地称帝，后有党项族李氏盘踞于此，北宋初年，这里正式成了西夏人的属地。终于在公元994年，宋军再度攻下统万城，或许是宋太宗厌倦了战争，或许是他觉得在长城之外留着如此一座城池给游牧民族，终究是中土的心腹大患，于是下令迁民毁城。

原本寓意"统一天下、君临万邦"的统万城从此成了乡人口中的"白城子"。只剩下千百楼燕绕着古堡飞舞，像岁月的车轮，不知疲倦。

距离统万城不远的地方，还有一座始建于明代的龙洲保遗址。龙洲保辖明长城"三十四里、墩台二十座"，是明帝国用来抵御河套地区鞑靼人侵扰的屯营要地。其实早在宋代与西夏的战争中，时任陕西经略副使的范仲淹就曾亲临此地抗敌。我抚摸着风在龙洲堡的城墙上侵蚀出的一道道深深印记，刚刚淋完雨的夯土有些冰凉又有些黏稠。一只寒鸦忽然从上面飞起，沿着长城边飞边叫，然后消失在远方的彩虹中。

如果有一天，当这一切都被时光抹平在大地上，谁还能分得清内外、辨得了你我？

二

长城是道坎，总有一天要跨过去。

"胡天八月即飞雪""杀气三时作阵云,寒声一夜传刁斗",中国古代文学里从来不缺优秀的边塞诗,写得最好的莫过于高适和岑参。但长城之外的美呢?无论是戈壁大漠还是草原湖泊,哪一样不值得对酒当歌?那种脚踏乌云马、一日骋千里的日子又何尝不是快意人生?而长城之内呢?柳永一句"有三秋桂子,十里荷花"让原本身处大漠的金国完颜亮垂涎三尺,甚至不惜挥师南下。

历史上,农耕文明和游牧文明对于彼此的想象,都在这长城两边戛然而止而又盘根错节、生生不息。

陕西榆林的镇北台[8]高踞在红山之上,这是万里长城上一座恢宏的建筑,与东西两边的山海关和嘉峪关齐名,并称长城三奇观。然而这不免有些夸大,毕竟山海关与大海相拥的激荡,嘉峪关独对沙漠的苍茫,都是镇北台无法拥有的,它更贴近当地百姓的日常——这古长城上现存最大的要塞之一,建设的初衷除了监察军情,更重要的是观察当时中原和蒙古族互市的情况。

当贸易逐渐代替了征战,和平渐渐成为可能。然而即便正确的方向人人知道,事情并不总会一开始就一帆风顺,总有试图抢劫一把不顾后事的思维在作祟,所以规矩的建立需要强权的保障,于是才有了这雄伟的高台,可远眺山岳、近察民情。而它的造型,自然也就没必要

镇北台

那么花哨，斗拱飞檐、华章藻井统统都不要，它就是一个四四方方、层层高起、实实在在的高台。几百年了，看过车水马龙的喧嚣，也忍过飞沙四起的寂寞，到如今，只剩三两游客相伴的无聊，它都默默承受着，嵌在长城之间，对长风无言，扎根在历史长河之中。

榆林市横山区还有一座古城池，名叫波罗古堡 9，这也是长城上的一个要塞，隋代时便人口过万，如今断壁残垣也依然有人家居住。古堡内的建筑多已破败，历史建筑中只有一座清代的寺庙保存较为完好，据说康熙御驾亲征、平定准格尔叛乱时曾经过这里，还题写了寺名。古堡中有一座明代的宝塔，秀俊如峰。塔在黄土高崖之上，崖下是无定河10宽阔的河谷——绿草葳蕤，日光下河道蜿蜒如雪绸轻舞。美景如斯，很难将那句"可怜无定河边骨，犹是春闺梦里人"与这里联系起来。

波罗古堡的古塔

无定河从毛乌素沙漠到黄土高原，最后向南注入黄河，流量不定，深浅不一，清浊无常，自唐代便有"恍惚都河""无定河"之名。

在统万城外，它是涓涓溪流，被绿荫隐藏得严严实实的，以至于我们路过了都没发觉。而在高速路的横山服务区附近，它又汇聚成了一块碧绿的翡翠，在黄土地的层层包围中浓得化不开。唯有波罗古堡下的这段无定河，才像一条河流，只不过她轻流慢逝，弯弯绕绕，河道纠缠成陕北婆姨的麻花辫一般。此处的无定河就像是一个对孩子充满歉疚的母亲，总想时刻不停地用全身心来滋养这片土地。

也许真的是因为这片土地太过苦难了，作为长城外的边塞战事无法回避的一条河,其超高的泥沙含量让渡河成了无数人的生死劫。沈括在《梦溪笔谈》中写道:"予尝过无定河,度活沙,人马履之,百步之外皆动,颛颛然如人行幕上。其下足处虽甚坚,若遇其一陷,则人马驼车应时皆没,至有数百人平陷无孑遗者。"平日如此,战时自然更是夺命。

无定河,一条光听名字就透着一股悲伤和迷惘的河。

我身后的寺庙顶上站着一只蓝矶鸫,它神情笃定,也不在乎那屋子里住着哪位神仙,它的先祖们无须因为一道城墙、一条河流就停止探索,更无须因为要跨过它们而付出血的代价——翅膀赋予了鸟儿珍贵无比的自由,所以世界都在它们的脚下。可惜人不是鸟儿,只能被历史裹挟着前行,有时候,时代的苦难和束缚是无可逃遁的,人生的一道道坎,就像要对着一把把利刃,你不可能迎面而上却毫发无损。

无定河谷

今天的无定河早已不再是险途,毛乌素沙漠的治沙工程和黄土高原近二十年来的封山禁牧,让无定河含沙量逐年降低,水量增加。尽管还存在众多的污染问题亟待解决,

但整体而言,无定河已经迈向新生。借助一座小桥,轿车便可以轻松跨过无定河,然后在它滋养出的宽阔河谷湿地上一路狂奔。

三

长城,是血凝结成的霜,所以孟姜女用眼泪将它融化。

杀虎口长城11在山西和内蒙古交界处的右玉县境内,康熙平定准格尔叛乱之后恩准蒙古族与内地重新开启日常贸易,为显示抚恤,改"杀胡口"名为"杀虎口"。

此地格外受康熙重视,无非因它素来是兵家重地。

11

杀虎口附近的长城

明朝大军就与蒙古部族曾在此多次交战，明英宗甚至被瓦剌（当时的西蒙古）俘去，明代宗朱祁钰随后继位，并许诺若英宗回朝，就将"水陆神祯"颁赐给右玉县。幸运的是明朝后来在战争中获胜，英宗被释，代宗兑现诺言。

"水陆神祯"乃明皇宫珍藏的 120 幅稀世珍品，据说多出自大唐贞观年间吴道子和阎立本之手，从此走出深宫移居右玉。可惜岁月久远，毁损很多，现在残存的部分珍品收藏在山西省博物馆里。我曾看过，皆乃神笔。

杀虎口的长城是重新修缮的，因为未能修旧如旧招致不少批评。我登上这里的长城时，天色近晚，还飘着小雨，长城上只有我们一行四人以及一只从头顶掠过的红隼，我们脚下如此沉重的关隘，对它而言显然并不存在。

杀虎口也就是走西口中的西口（东口一般指张家口），晋商的发达便是源自此处。贸易虽然不是解决征战唯一的方式，但对百姓而言一定是一个不错的选项。"宁做太平犬，不做乱世人"，知其辛酸者，莫过于生活在长城两边的人。

还有雁门关12。

明《永乐大典·太原志》记载："代山（即雁门山）高峻，鸟飞不越，中有一缺，其形如门，鸿雁往来……因以名焉。"凭借"三关冲要无双地，九塞尊崇第一关"的险峻，杨业以三千步兵大破契丹十万铁甲精骑，斩首近万人，并亲手斩杀了辽军主帅，生俘副帅。

雁门关大捷是宋辽战争中宋朝为数不多的胜仗之一，而传说中杨家将[①]的故事差不多是每个中国人都耳熟能详的。小时候我不太理解被招婿的四郎，后来想明白了，到最后都是我大中华一家人嘛。可即便如此，想到杨家一门忠烈惨死沙场还被奸佞所害，还是不免心惊。长城历来都是用血浇灌的，只是那血究竟为何而流？

---

① 杨家将只是历史传说。北宋有名将杨业，并无其他传说中的杨门女将等人物。

雁门关长城

夕阳下的雁门关长城是金色的,就像是伏在山峦上张开双臂的大雁。长城西侧,云霞艳红似血,山谷里雉鸡高鸣不止。雉鸡因为善斗,是古人心中武士的象征,这一声声仿佛招魂,惊得人一身冷汗。而另一侧,长风托月,暮色绛紫、山峦黛青,一切渐入深沉,无言胜有声。

我忽然想:若是明朝旭日东升之际,一切又将如何?

四

这一段旅行本没有太多关于长城的计划,只是因为路过,竟然凝结成了浓墨重彩的一笔,也许是缘分,也许只是因为我们早已继承了长城内外的血脉。

身为中国人,长城两边皆故乡!

知识扩展

长城修筑的历史与资源的主要分布

● 长城修筑的历史可上溯到西周时期,发生在首都镐京(今陕西西安)的著名典故"烽火戏诸侯"就源于此。春秋战国时期,列国争霸,互相防守,长城修筑进入第一个高潮,但此时修筑的长度都比较短。秦灭六国统一天下后,秦始皇连接和修缮战国长城,始有万里长城之称。明朝是最后一个大修长城的朝代,人们所看到的长城多是此时修筑。

● 长城资源主要分布在河北、北京、天津、山西、陕西、甘肃、内蒙古、黑龙江、吉林、辽宁、山东、河南、青海、宁夏、新疆共15个省、自治区、直辖市。其中河北省境内长度2000多千米,陕西省境内长度1838千米。根据文物和测绘部门的全国性长城资源调查结果,明长城总长度为8851.8千米,秦汉及早期长城超过1万千米,总长超过2.1万千米。现存长城文物本体包括长城墙体、壕堑、界壕、单体建筑、关堡、相关设施等各类遗存,总计4.3万余处(座/段)。

诗意田园：
园林民居中抚今追昔

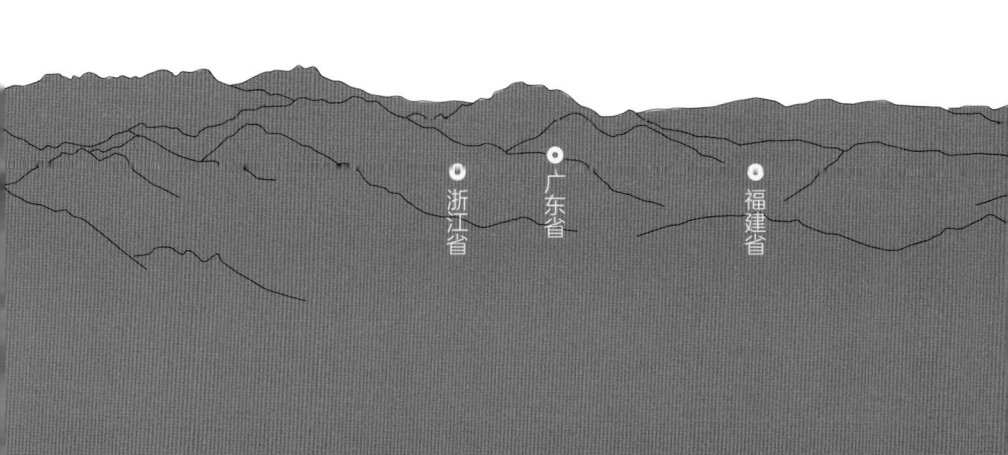

浙江省　广东省　福建省

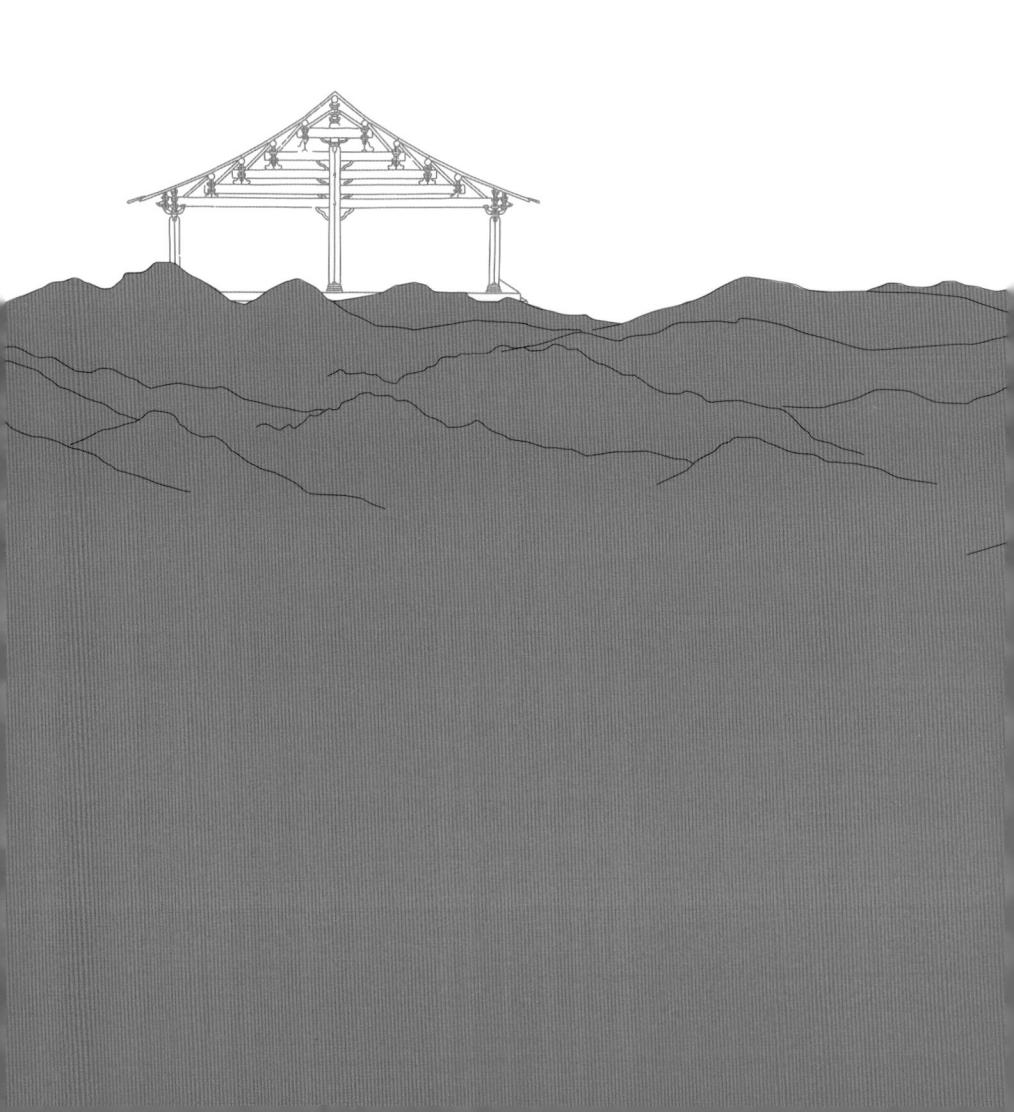

01

禅净一致
—— 狮子林

2020 年春,我在苏州小住了几天,将年轻时没有走完的几座名园一一走过。

狮子林[13]是我这次造访的第一座园林,作为元代园林的代表作,它是园林和禅林相结合的历史产物。

苏州狮子林本是一件礼物。

元朝末期,天如禅师来到苏州,仰慕天如禅师的弟子们为了能够留下他,众筹买地结屋,为他修建了一片禅林,甚至不惜搜罗宋代花石纲的诸多遗珍置放于此,传至今天,就成了赫赫有名的狮子林。

天如禅师名惟则,号天如,乃临济宗传人,史载"十岁以来,拍盲学坐,将贪嗔痴当头按下",倡言"禅净一致",实乃高僧。

⊙ 浙江省

九狮峰

禅宗讲究心性,六祖惠能那句"菩提本无树,明镜亦非台。本来无一物,何处惹尘埃!",在中国几乎无人不晓。临济宗是禅宗中影响最大的,创始人是唐代高僧义玄,主张"自信""我即是佛"。

我打小就对狮子林充满了好奇,尤其是那个用太湖石堆砌的九狮峰——据说惟妙惟肖,能数出九头狮子。可我没想到,那九狮峰竟然不在花园中央,而是在居屋的最后一间庭院里。

单看整体,九狮峰若游龙穿云,矗立在庭院正中,脚下牡丹环绕,正是旖旎吐

13

芳之时。庭院北侧的粉墙素净如宣纸,石头与花皆可入画。庭院东南两面俱是回廊,西侧有一方亭和一洞海棠门。行于回廊或坐在亭中,假山上似有若无的幼狮果真能数出八九头来,仰俯攀爬,憨萌可爱,皆在眼前,于无声处热闹非凡。可一旦跨过那道门,世界就忽然肃穆起来:一座大轩,一片阔地,对面有一座高大且深邃不知几何的假山,仿佛密不透风,让人无法逾越。

我见那轩内高挂"揖峰指柏"四个大字,这才留意到,轩外除了那如弥勒端坐的假山之外,确还有几株高瘦的古柏分列左右。世人见书法家米芾拜石,所以呼其"米癫",其实石与佛有何分别?拜的本就是心头喜。我若是园主人,日日立在此处"揖峰"再好不过。"指柏"源自禅宗"赵州指柏"的典故,僧问:"如何是祖师西来意?"禅宗答:"庭前柏树。"是禅宗看似"答非所问"的经典代表。

禅宗如此这般,大多是希望提问题的人自己去探索答案,如高僧义玄所云"莫向外觅"。

"揖峰指柏"轩前有小桥引路通往假山,我却不愿贸然走进那森森的石林之中,转身向西去了荷花厅。

荷花厅里的雕凿虽然精美,可比起厅前的水阔微澜,意蕴上还是稍逊一筹。隔水相望,假山峰峦重重,山中似有莺歌燕语。右手岸边有一略显突兀的旱船,塘中曲

有石出水

禅净一致——狮子林

桥倒还算得上秀丽,妙的是水中央立有一太湖石,如云翻泉涌、似美人照水,牵着人的视线不肯放松,可谓点睛。

我沿着湖边缓行,忽觉得原本素雅的园子哪来的金粉气?一抬头,是乾隆写的"真趣"二字,不只是字描着金,连带着整座亭子也都是金光闪耀。站在"真趣"亭里,再看那水中奇石,先前的仙气不知怎的就没了,甚至觉着俗;可等出了亭子再看,怪了,那石头又有了灵性,浑身上下无一个是恰到好处。有意思,很有意思。

园子里有一座富丽堂皇的亭子挺好的,与亭子隔水相望的是一片紫藤架,架上的紫藤正开得蜂蝶乱舞,一旁西府海棠娇滴滴的艳,地上几大丛杜鹃烂漫得很。到处春意

"真趣"匾

盎然,以至于园子南边素有"小赤壁"之称的黄石假山,以及别具匠心的"三跌瀑池",都因为过于幽静而无人问津,就连开春时最叫人喜爱的"梅阁",当下也是寂寞的——奈何梅花已谢,世人情短。

我绕着园子走了三圈,倪瓒所作的《狮子林全景图》石刻和文天祥的碑文都已一一端详,又细品了修竹阁的通透和五松园的古雅,这才下定决心顺着"揖峰指柏"轩前的小桥,迈进狮子林的假山深处。

这假山果然天下第一。

方寸之间,奇石异峰攒聚,古树奇花遍植。行进其中,竟如面朝万峰耸峙,有千百珍禽异兽匍匐左右,又好似罗汉天神林立环绕。不禁心中赞叹、语起唏嘘。就在此时,眼前幽尽洞开,撞见一座两层楼阁。

阁楼四周皆被假山环绕,如深陷险壑。奇的是阁楼与山石之间的距离极为狭窄,却毫无局促之感。绕楼一周之后,方才明白过来,此楼形制奇特,凸字形,上、下各有6只戗角飞翘如升烟,轻快地将原本局促的视线引导向上,化于无形。世间烦恼,佛法可在须臾之间消除,想来亦不过如斯。

01

阁楼是天如禅师的卧房，名曰"卧云室"，在假山之外并不可见，唯有狮子林主厅"燕誉堂"后有一偏门可径直相通，其他各处要想走到这里，不在假山之中上下寻觅、穿洞绕径，不经历"同游偶分散，音闻人不逢"的尴尬是不可能抵达的。

卧云室内有一副对联，是赵孟頫题写的天如禅师的诗句："人道我居城市里，我疑身在万山中。"我觉得这对天如禅师来说也不算什么诗，就是大实话。有意思的是，在狮子林里我看到一种叫"领雀嘴鹎"的鸟儿，这种鸟通常只在山区近农宅处才能看到，很少生活在都市。难道它们也是听了天如禅师的教化？

卧云室

知识扩展

建筑在苏州古典园林中有什么作用？

● 建筑在苏州古典园林中具有使用与观赏的双重作用。它常与山池、花木共同组成园景，在局部景区中，还可构成风景的主题。山池是园林的骨干，但欣赏山池风景的位置，常设在建筑物内，因此建筑不仅是休息场所，也是风景的观赏点。建筑的类型及组合方式与当时园主的生活方式有密切的关系，因而园林建筑以其数量之多与比重之大形成一种突出的现象。一般中小型园林的建筑密度可在30%以上，如壶园、畅园、拥翠山庄；大型园林的建筑密度也多在15%以上，如沧浪亭、留园、狮子林等。正因为如此，园林建筑的艺术处理与建筑群的组合方式，对于整个园林来说，就显得格外重要。

02

相逢有爱不恨晚
—— 耦园

　　姑苏（今苏州市）城内的宅院，我第一爱的不是享誉天下的拙政园，也不是得意山水的沧浪亭。留园？丰富但欠了些风韵；网师园？精致无比却惜显拘谨；狮子林禅意十足，倒是很对我胃口，可我并不想远离红尘。真要居家过日子，就得是耦园[14]。原因很简单，耦园不仅仅是宅子，更是爱情的象征。

　　耦园东西各有一庭院，是为"耦"。耦，音同偶，夫妻二人为偶。姑苏城内大大小小保存至今，叫得出名字、画得出样子的宅院近百处，唯有此宅处处有女主人的印记。在封建时期，若没有彼此眼见即喜的那份挚爱在心，这是不可能的。男主人沈秉成，妻子严永华，皆为湖州人士。湖州与姑苏隔着太湖，说近不近，说远也

◉ 浙江省

不远——扁舟一叶，充其量是一两日的工夫便可来回。时任安徽巡抚的沈秉成因进谏被贬，遂因病辞官，夫妻二人来到姑苏城，挑了这紧挨着护城河的宅院安隐下来。运河中的市井桨橹之声，不远处晋商会馆里张筵设戏的喧嚣，附近几大名园中，地方官宦和文人雅士之间的窃窃私语，恐怕都不难传进宅内。说是隐居，大约也就那么回事。毕竟那时已是清朝晚期，列强环伺，时局崩塌，天下虽大，哪有真可隐匿之地？唯有隐于爱情。

耦园东西皆是园林，中部是住宅，入门过了第一道天井，堂上高悬"偕隐双山"的匾额，语出女主人严永华的诗，《双山寓庐》里的"偕隐双山间，一廛差可托"——这是读书人才有的浪漫。耦园的正堂名"载酒"。陆游写过"载酒园林，寻花巷陌"，于此倒是贴切。读了读中堂两侧的对联："东园载酒西园醉，南陌寻花北陌归。"再看看堂前东西两侧小门上的"载酒"和"问字"，不用猜便可以知道：宴乐雅聚、赏四时景要去东园里寻，著述藏书、静修人心得往西边走。

西园有一处折廊，还有一处半亭，所用的细砖花窗纹样颇为别致，隐约可见欧美建筑风格的影响。不过这里的核心景致是地地道道的中国风——一座湖石假山。除了四周花树盈盈，还独具匠心地用一道云墙将峰峦绝壁分割，又通过山洞蹬道里应外合，于是灵台方寸地便有了无穷的乐趣。也许爱情就好似这玲珑湖石,虽然美好,但若一眼看透,就不免日久生倦,所以需要遮遮掩掩、羞羞答答、烟视媚行,于风起花落间最能撩动人心。

西园最后是藏书楼,楼前别无他物,唯有一大丛白牡丹,铁杆老枝,碧叶如云,花开素面朝天,却是天下第一等颜色,最是风雅,芳华自彰。想那耦园女主人在这藏书楼中与夫君同览群书,夫吟妇和,此中真意,比起只懂得红袖添香的爱情,自是不可同日而语。耦园西、

载酒堂的"偕隐双山"匾额

云墙

中、东三园北侧的建筑是彼此相通的,夫妻二人读完书,想去东园抚琴赏月,抬脚便到,用不着从前院绕将过去。但我是游客,不是园子的主人,享受不得这般待遇,所以还是折返中院,然后再向东院寻那"载酒"之乐。如此又见"偕隐双山",我干脆再停下脚步,将两侧的对联也记住了——"逍遥于城市而外,仿佛乎山水之间。"真

楼里

能如此惬意？东园之景该有怎样的动人？

从中院到东园还需经过一处小院，院虽小，却颇为清朗开阔，分南北，中间有一轩相隔，轩也不大，名字却是了不得，曰"无俗韵"。想这夫妻二人自那正襟危坐的正堂牵手进了这小院，见院角芭蕉青青、四周兰香幽幽、几块太湖石散落如天成，兴来之时，叫丫鬟小童取来古琴抚弄一番，屋外再多的红尘杂音，传到这里，也应已弥散殆尽了。

小院东侧的廊墙上嵌有一扇梅花玻璃窗，我觉得好奇就凑近了仔细去看。原来花窗四角还饰有双鱼、蝙蝠——梅寓高洁，双鱼指相濡以沫，蝙蝠乃福至眼前。这恩爱，真是秀得让人猝不及防。

花窗两侧是严永华亲书的对联"耦园住佳耦，城曲筑诗城"，窗上横批"枕波双隐"。廊边古樾数棵，不消说，秋日月高之夜，此处香压人影，自是别有风情。东园的核心景色是一体量颇大、号称吴中第一的黄石假山和山下碧池，池名"受月"，上有曲桥。池边

楼外

一北一南"望月""吾爱"二亭遥相呼应，中间有曲廊相连，只是经由纤纤细竹掩映，明明近在咫尺，却又似远在天边。

再往南更是竹林茂密，需抬手拨开垂叶，方能来到一座二层小楼之内，楼外便是护城河，听橹闻歌，此处最宜。若是旧时，他夫妻二人登此楼，远眺城外水陌乡野，晨烟暮柳也应是尽在眼底。堆砌东园假山的黄石通体橙黄带红，烟赭斑斓，仔细看，每一块石头上都似有画作天成，虽难解其意，却觉得本该如此，无可挑剔。

山间的石榴树和白皮松均已是数百年之物，我想象自己如当初园中主人那般，将手轻轻搭在枝干上，不承想整树的枝叶竟然开始瑟瑟发抖。难道是树已有了灵性？斯人已逝，它们莫非真真切切记得那时的浪漫？

耦园还有一个令我印象深刻的地方：因为修建时间

较晚，东园的楼阁采用了很多大面积的玻璃窗，故而不像中国古代多数厅堂那么阴暗。安居在此，想必心情也更温暖。不过也有被这玻璃窗弄糊涂的。一只北红尾鸲误打误撞地飞进屋内，明明春花艳阳就在眼前，想飞出去时，却总是撞到玻璃窗上。好在它遇见我，我轻轻地将它捧在手里，然后小声地告诉它："别怕，有我。"

当北红尾鸲橙色的身影消失在江南春天里的时候，我也离开了耦园。身后的那场爱情故事原本是这样的：严永华将手绘花鸟四帧送给在京城做官的哥哥，被前去做客的沈秉成看到了，沈秉成回家后对夫人说"严家有女，才情俱佳"，夫人笑曰"君既倾慕此才女，他日可求为继室"。后来，夫人故去，沈秉成迎娶严永华。那一年严永华 31 岁，沈秉成 46 岁。

相逢有爱不恨晚，沈严二人在耦园享受了 8 年岁月静好的时光。后来沈秉成重新被起用，官拜两江总督，夫妻二人便离开耦园。也许是命中注定，既已不能隐于爱情，次年，严永华就因病香消玉殒。不久，沈秉成再次因病辞官回到耦园，然睹物思人，无限悲痛，心既已死，人也就随之去了。佳偶难觅，门外流水水中月；姻缘由天，石上三生生死依。

03

奇巧处处
—— 留园

　　留园位列中国四大名园，与拙政园可谓同城双璧。有意思的是，留园明明占地极为宽广，可遮遮掩掩的透窗和幽长狭仄的廊道，却摆弄得你终于明白何为望眼欲穿，何为柳暗花明；当然，最后扑面而来的豁然开朗也确实让人酣畅淋漓。

　　俞樾，浙江德清人，晚清进士，翰林院编修。他曾作《留园记》写道："嘉树荣而佳卉茁，奇石显而清流通，凉台燠馆，风亭月榭，高高下下，迤逦相属。"称留园为"吴下名园之冠"。

　　其实俞樾自己的宅子也是姑苏城里的好去处，叫作曲园，现如今是苏州状元博物馆，我去留园的路上经过，就先进去看了一下。和留园比起来，俞樾的家太小

◉　江苏省

了，前后几间屋，末了有个小院子，简直是"犄角旮旯"。不过这个犄角旮旯也是小中见大、直中见曲，还有一池春水，映着牡丹笑。

相比之下，留园里的牡丹就不只是笑了，简直像是一台盛大的舞台剧，芳华绝代。可要想看清这一幕，你得先学会"偷窥"，因为偌大的园子里不只是牡丹艳丽，还有那紫藤花儿闹、锦鲤游得欢，都与你有一墙之隔。只有透过墙上那些各式各样、大小不一、造型别致的梅花窗、菱花窗等，你才知道春色早已深几许，春风缕缕最撩人。

本想着曲尽折毕就可以一脚踏进中园那无限春光，谁料竟然拐进了东园里的另一番天地：这里大屋高阔，池深花盛，临水有一湖石，立如腾云。这湖石名叫冠云峰，一看便知是不凡之物，据说是花石纲的遗物。以我的眼光揣度，只怕是走遍江南也寻不出第二块来。

眼前堂皇未了，忽又见梨花如

冠云峰

梅花窗

盆景园

雪，瞧着那些飞花飘过一道月门，门上简简单单三个字：又一村。我本以为应该像大观园里李纨所住的"稻香村"那般，是"佳蔬菜花，漫然无际"的竹篱茅舍之貌，却原来是一处盆景园。抬眼所见，都是百年老桩，价值不菲。如今这些都已经是世界文化遗产，为全人类的宝藏，所以我才能有机会见到它们。若在古代，我可能还不如树梢上的那一只金翅雀，因我没有翅膀，飞不进高墙深院，见不着这许多珍奇。"村里"还有几株老茶树，花开粉白，偏有几丝鲜红夹混其中，想来便是那金庸笔下被王语嫣讥笑的"抓破美人脸"。

　　风催花落，顺着轻舞的花瓣而行，竟然遇见一座高丘，丘上除了有亭翼然，更可谓林木森森。别的苏州

奇巧处处——留园

园林里是"丘壑在心",留园里的这丘壑可是实打实的。爬上山头,目光所及皆是无尽的绿,风从四面来,极凉爽。若赶上浓夏时节,正午时分,坐此亭中酣睡一番,真不知道是怎样的逍遥快活!

丘下有河,水中有舟可泛,河对岸是果园,桃花落了,樱也谢了,再想知晓此处的好,就只有待那些小小的果儿慢慢成熟了。时间是一场美酒,酿酒的人、饮酒的人,都需要有耐心。想看到留园中心庭院的人,如此这般绕了一大圈,也终于可以松了一口气——眼前一扇小门,抬头写着"别有天"三个字,门槛并不高,跨过去,便是心的高潮。

"迤逦"二字大约勉强可以描绘眼前景致。一切环水而建,无论是山色空濛,还是花香四溢,又或者是水何澹澹、楼阁如云,都带着一股慵懒之气,似乎令你的感官都可以得到休息:随便坐在哪里都无所谓,水边的石头、对着经幢的靠椅、山中的云梯,有什么区别呢?一切角度都似乎是完美的,只要动动眼珠子,便可以将所有的美好都装进脑海,再也无法忘记。这留园果然是归隐的绝佳选择——比起官场上的倾轧,这

里实在是太舒服、太叫人放松了。俞樾爱它，没爱错。

俞樾以经学为主，旁及诸子学、史学、训诂学乃至戏曲、诗词、小说、书法等，著作《春在堂前书》近五百卷，可谓博学。除了著作叫"春在堂前"，俞家曲园的正厅也叫"春在堂"。想当初，俞樾在紫禁城内参加翰林考试，试卷的诗题为"澹烟疏雨落花天"，大多数应试者都做惜春、伤春之意，唯有俞樾首句"花落春仍在"，深得阅卷官曾国藩的赏识，认为有蓬勃之气，实乃当下清廷之所缺，因此拔得头筹。不想没过多久俞樾放任河南学政时，被御史曹登庸劾奏他出题考试"试题割裂经义"，因而罢官。未及伸展拳脚便不得不告别官场，这对俞樾未尝不是一件幸事。做臣子的纵有回天志，遇到废柴一样的君王、迂腐不堪的同僚和积弊已久的世风，都是徒劳无益的。北宋和大清什么时候缺过能人？

俞樾作为一介书生，购置宅院的费用一大部分还是"友人"所赠，曲园当然比不了留园。俞樾常去留园做客，有羡慕之情毫不奇怪。不过你看"春在"二字始终伴其余生，可见他的心志亦不曾变化。

俞樾将宅子命名"曲园"，看似是因为宅地形如曲尺，实则取老子"曲则全"之意。1953年苏州市人民政府决定修复留园。1954年，俞樾的曾孙、著名红学家俞平伯先生，亲自赴苏州，将曲园捐赠给苏州政府。

知识扩展

苏州四大名园有哪些？

- 狮子林、沧浪亭、拙政园、留园被称为苏州四大名园，代表着宋、元、明、清四个朝代的艺术风格。

- 沧浪亭，是一处始建于北宋的中国汉族古典园林建筑，始为文人苏舜钦的私人花园，是苏州现存诸园中历史最为悠久的古代园林。园内除沧浪亭本身外还有印心石屋、明道堂、看山楼等建筑和景观。

- 狮子林始建于元至正二年（1342年），是中国古典私家园林建筑的代表之一，同时又是世界文化遗产、全国重点文物保护单位、国家AAAA级旅游景区。因园内林有竹万，竹下多怪石，状如狻猊者，又因天如禅师惟则得法于浙江天目山狮子岩普应国师中峰，为纪念佛徒衣钵、师承关系，取佛经中狮子座之意，故名狮子林。

- 拙政园，始建于明正德初年，是江南古典园林的代表作品。拙政园与北京颐和园、承德避暑山庄、苏州留园一起被誉为中国四大名园。拙政园是苏州现存最大的古典园林。全园以水为中心，山水萦绕，厅榭精美，花木繁茂，具有浓郁的江南水乡特色。

- 留园以园内建筑布置精巧、奇石众多而知名。留园的建筑艺术精湛，厅堂宏敞华丽，庭院富有变化，太湖石以冠云峰为最，有不出城郭而获山林之趣。

04

渔隐何处
—— 网师园

"洞庭湖上晚风生，风揽湖心一叶横。兰棹稳，草花新。只钓鲈鱼不钓名。"这是元代大家吴镇的名作《洞庭渔隐图》上的题诗，画藏在台北故宫博物院。

这幅画名气很大，我很早便知道它的存在。一叶扁舟江湖远，渔夫是中国画里常见的人物，某种程度上说，这个身份几乎是"隐士"的代名词，甚至有一个专有词汇称之为"渔隐"。"网师"就是指渔夫，因为除了垂钓之外，想捕鱼，还可以"撒网"。网师园[16]的主人给自己心爱的宅院起了这么一个名字，用意显然。

网师园是苏州园林设计教科书一般的存在。我所知的苏州园林设计的每一种经典思路，在这里都有堪称完美的体现。游这样的园子，会有一种奇异的快感，就好

◉ 江苏省

像自己是在毕业实践一样，所见者一一印证自己的所学。这种"我看懂了"的愉悦很难为外人分享，却是实实在在的自我激励，会比中了彩票还要令人开心。

院墙上的窗户，为什么要开在那么高的位置？走廊中间为什么要有一个看上去很不合理的折弯？高大峻峭的假山、峰峦为什么要堆出那样柔和的曲线？堂前空出大得让人惊讶的空间，为什么隔壁却给人一种密不透风的感觉？一座孤立的湖石为什么会出现在庭院里，它挡住了视线，是企图隐藏什么，还是为了诱惑？地上那只用碎石拼出的仙鹤在翩翩起舞，再看几眼，又似乎感觉它是在邀请你走向某处？流水无声，小小的沟壑尽头是湖，但是目光并不会止步水面，远处有什么惊喜在等着你？……无数个疑问伴随着充满趣味的探究以及最终的恍然大悟和拍手叫绝，大赞！

网师园是乾隆时期光禄寺少卿宋宗元在南宋"万卷堂"故址上重建并命名的，但是真正奠定如今的建筑格局，则是在太仓的瞿姓富商手里。在他的精心营造之下，数亩之地纡回不尽，居近红尘，相忘云水。

网师园内，诸多建筑围着一池碧水分列左中右。左侧疏朗，以殿春簃（yí，楼阁边小屋，用于书斋名）为中心，堂前朗朗，有墙上高亭，湖石峰险，深潭寒冷；中间繁复，牡丹美艳，紫藤垂似幕帘，"看松读画"与

"小山丛桂"二轩隔湖相望，但又各自被松石掩映，只可神交。满园的好春色却不知为何有道不尽的伤春隐痛。右侧的布局则是疏朗与繁复二者兼备，以五峰书屋和梯云室为首，坐榻之上读万卷书，累了望一眼窗外湖石堆砌的假山，瞬间可神游三山五岳，行了"万里路"，除了徐霞客，我看是个读书人都会喜欢这里。

网师园四景

或许宋宗元建网师园确有隐退之意，但瞿姓富商的心底应该完全没有这种想法。隐与仕，在中国文化里是"穷则独善其身，达则兼济天下"的另一副面孔，是范仲淹所说的"进亦忧，退亦忧"。与其他园林不同，网师园里所有欣赏风景的最佳角度，都是坐在一座座厅堂之内往外看，可谓"坐享其成"。在那个年代，如此心闲意懒、安于福乐、打心眼儿里快活，是瞿姓富商这样纯粹的商人才能有的活法，真正的文人心怀家国，是做不到的。

关于网师园，还有几段近代的小历史有点意思。

一是 1917 年张作霖购得网师园，赠予自己的老师清代奉天将军张锡銮作庆寿大礼。1932 年张善孖、张大千兄弟和叶恭绰因为认识张锡銮的儿子，一同借住此

网师园湖景

园近 4 年。当时张善孖在园子里养了一只老虎，三人常以虎姿入画。可惜老虎没养多久就死了，殿春簃外的墙壁上至今还嵌着张大千为"虎儿"题写的墓碑。

二是 1958 年苏州医学院附属医院因政府分配占用了大部分网师园，曾拟毁园办厂。幸亏同年国家文物局、

院墙

云窟

网师园园景

同济大学古建筑园林艺术专家陈从周先生力主修复。

三是 1978 年，新中国与美国建交伊始，纽约大都会艺术博物馆决意在其馆中建一座园林建筑。由于是按明代建筑特色而设计建造，故取名为"明轩"，其仿照对象正是网师园的殿春簃小院。1980 年落成时轰动全美。

对了，"只钓鲈鱼不钓名"的《洞庭渔隐图》，画的不是洞庭湖，而是东洞庭山，就在苏州。

05

拳拳中国心
—— 番仔楼

  观山村在泉州市南安市,距离厦门大约两个小时的车程,可如果在一百年前,这段山路至少要走两天。观山村所在的山区环境优美,溪水清冽,然而缺少足够的田地种植稻谷,为了养活自己和家人,自清朝晚期厦门开埠之后,去南洋打拼成了很多村里人没有办法的办法。观山村里现存诸多清末民初时期的大厝[①]和洋楼,就是当初下南洋挣了钱的村民们回来盖的。

  中国早期海外移民凭借吃苦耐劳的品质和传承了千年的智慧与狡黠,不少人很快富甲一方。荣归故里最重要的形式就是盖一栋豪宅,至于式样是传统的闽南大厝

① 厝(cuò),闽南、台湾地区对屋子的称呼。

◉ 福建省

还是西式洋楼，并不重要，关键是大，是房间多，是雕梁画栋，是用材讲究，是花钱如流水。这些房屋在山坡上鳞次栉比，与周边环境融合得很好，大多老树环绕，浓荫中有潺潺水声充盈在耳旁。倒是这十几年间盖的一些楼碍眼得很，不过也有例外，有一栋古厝显然经过了现代建筑师的改建，远观古韵犹存，近看细节保留完整，内部的居住条件则大大改善，加盖的后屋也将现代风情隐匿在与古厝风格异曲同工的外表设计之下。可惜主人似乎不在家，无法登门造访。

　　闽南俗言："有观山富，无观山厝。"我们入户参观了其中的两栋，一栋门脸是闽南古厝，后面却近似围屋，设计颇为有趣。不过这栋宅子几乎废弃，只有拐角处有个老人家养着些鸡，围屋里的院子中长了很多苎麻，爬满了苎麻珍蝶的幼虫。房间里还有一些被遗弃的旧家具，有个箱子看上去是当年的嫁妆，朱红大漆穿透岁月的灰霾依旧光鲜，似乎还透着当初的娇笑。另一栋是西洋式的红砖楼，上下两层，带有围廊，当地人叫它"番仔楼17"。主人家的阿姆头发略带银丝，笑容浅浅的，言语细软。我们站在二楼的围廊上聊天，外面是整个山村的盛夏。长风习习，晃动着廊外柿子树上的累累硕果，不禁让人想等到秋风起时再来一趟，彼时叶落果红，与这红砖大厝相映，应是更加惹人爱。

05

阿姆说这屋子里原本住着三兄弟的,所以房间才这么多。这么大的楼,支撑用的花岗岩石柱当然要好,都是从南安水头那边运过来的,当年费了不少人力和白银。还有家里的地砖,也不是闽南近现代常见的花砖,全是当初从南洋进口的,敲之有金石之音。

番仔楼

兄弟有长幼,传统中国的大宅子里若是一家人,通常长子住的是兄弟中最好的,这番仔楼里的房间分配也是如此,阿姆是长子的孙女,如今独居。我以为当初是三兄弟合力盖的此楼,没想到阿姆说这屋子是她太爷爷盖的。阿姆告诉我们,当初她太爷爷在南洋发财后,回国定居在厦门,三个儿子也都习惯了在厦门的生活,没有人再愿意回到观山村,她太爷爷就在故乡专门建了这个大屋,为的是让儿子们肯时常回家乡看看。

眼前的番仔楼我总觉得似乎在哪里见过。我忽然想起一个人,于是问阿姆:"你太爷爷厦门的房子是不是还在?"阿姆说:"在的,我太爷爷就是死在鼓浪屿上的。""那你太爷爷是不是叫许经权?""不是,我太爷爷叫李功藏。"

当年,许经权去菲律宾经商致富,后来将其母亲接

到菲律宾，但是其母怀念闽南乡音，在国外住不习惯，于是许经权又在当时华侨云集的厦门鼓浪屿为其母建了一栋"番婆楼"以尽孝道。许母因诸位子女都极尽孝道，吃穿供给都是当时最好的，故被邻居们称为"番婆（南洋富婆）"，"番婆楼"也因此得名。番婆楼造型简约但气宇轩昂，在鼓浪屿数百栋优秀的近现代建筑中也是大大有名的，番仔楼外观与其几乎一致，所以我才猜测阿

石阶上看番仔楼

姆的太爷爷会不会就是许经权。

阿姆的太爷爷李功藏是印尼华商,比许经权的资格其实更老,他疏财急公,捐药、赈灾、修桥、资学等,是清末民初印尼侨界领袖,1928 年在鼓浪屿去世。许经权与李功藏同在鼓浪屿,彼此肯定认识。番仔楼 1909 年竣工,番婆楼 1927 年落成,许经权在建番婆楼的时候提出要建最好的中西合璧式大屋,参考了李家的番仔楼应在情理之中。

闽南人下南洋的历史很悠久，在异国他乡冒险求财的同时却保留着非常浓厚的宗族文化传统，乍看起来有些不合常理，但也许越是因为孤身海外，思乡情结才会越发浓厚；越是身处异族他邦，越需要通过宗族来抱团取暖，许经权与李功藏上孝下悌的作为只是其中典型代表。

阿姆说，她的那些亲戚们已经很多年都没有再回来住过了，不过这几年宗族中若有年轻人大婚，大家还是会选择回来这里办一场喜宴，宴席就摆在柿子树下。

走进番仔楼看一看，这里头装的，终究是一颗中国心。

阿姆的南瓜

06

乡愁千百年
—— 粤东土楼和百侯古镇

  我决定从厦门出发,自驾去粤东转转,这是一趟没什么目的性、路过到什么就看什么、想停就停的旅行。在抵达广东省梅州市大埔县东部的百侯镇之前,我先后路过了两座土楼,一座是潮州市饶平县上饶镇二善村的"二善潮源楼[18]",另一座是梅州市大埔县大东镇联丰村的"联丰花萼楼[19]"。

  我生活在厦门,闽南地区土楼众多,司空见惯,停下来一是因为开车时间久了,正好歇歇;二是这两座土楼都远离城区,四周山清水秀,老远望见便觉得养眼,手里的方向盘忍不住一打,车就拐了过来。靠近了才发现,这两座粤东土楼和闽南大多数土楼的形制颇有差异。首先是它们外围都有一层非闭合的环屋,其次是

◉ 广东省

联丰花萼楼

土楼中间并没有闽南土楼必备的祖祠，二善潮源楼中央除了水井，空无一物；联丰花萼楼中也不见宗祠，只有一座小小的观音庙——也许这正是客家人与闽南人①的区别。

　　厦门、漳州、梅州、潮州一带，除了沿海地区之外基本都是山区。在闽东、闽北及浙南，隔了座山头，方言就可能不同到无法沟通了，而在这里，各地方言虽有差异，但闽南语基本可以通行，说明大家有着类似的文化根基。然而在应对各种相似的危险时，闽南人更多地依赖"宗族"，客家人则形成了抱团的"乡党"。原因我不敢断定，我猜大体上客家人在漫长且迂回的南下过程中，原本的大家族不可避免地会分散、重组，因此只能倚重身边的彼此，所谓"远亲不如近邻"；而闽南人则较早地定居了下来，上演了一幕幕"兄弟齐心，其利断金"的历史剧目。

---

① 广义指使用闽南方言，认同闽南风俗习惯、民间信仰，从原闽南地域播迁至我国其他地区乃至海外的闽南人；狭义指居住于福建省南部的民众。此处取前者之义。

06

联丰花萼楼比二善潮源楼的规模更大一些,历史更悠久(始建于 1608 年),也更精致。土楼中央的地面铺满了鹅卵石,在岁月的打磨之下,泼水之后犹如雨花石一般光彩喜人,当地人还拼出了一个直径 3 米的铜钱图案;井旁的排水沟也被刻意修成了"9"字形,寓意长长久久;而"花萼"两个字,则是取自大门上对联"花开常棣,萼发青云"每句的首字,应该是源于《诗经·小雅·常棣》里的"常棣之华,鄂不韡韡(wěi,光

二善潮源楼

明盛大的样子）；凡今之人，莫如兄弟"。明代的启蒙读本《幼学琼林》里有"兄弟既翕，谓之花萼相辉，兄弟联芳，谓之棠棣竞秀"，今人或许有些不解楼名的由来，放在一百多年前，却是人人皆知。联丰花萼楼的建起，据说是该村林姓九世开基祖林援宇，因观音显灵得三缸白银，遂召集乡邻共建而成。可谓兄弟相亲、邻舍相爱的典范，客家与闽南土楼的差别也可见一斑。

二善潮源楼里，现在居住的都是许氏家族的人，1885年之前，此地本是肖姓人家建的一座小型土楼，名为"肖屋牌楼"。后来楼背山体塌方，楼也倒了，肖氏一族便迁移到大埔县百侯镇居住。许氏七世祖怀江公

1889年重建此楼，续用原名，中华人民共和国成立后改名为"二善潮源楼"，并一直沿用至今。我与至今仍住在里面的许氏后人攀谈之时，门口的电线上落着很多金腰燕，一百多年来，它们也成了这里的世代居民。

肖家人迁居的百侯镇[20]，以前叫白堠，地处大埔县内的第二大盆地，东有廓山嶂，西有帽山。古时山头设有烟墩，是兵防互通信息用来报警的，称作"堠"（类似于小型的烽火台），此处的堠是用富含高岭土的白土砌成，故为"白堠"。康熙二十七年（1688年），进士杨之徐倡议将"白堠"改为"百侯"，意在"出百位封侯"。此人估计是神仙转世，此后百侯镇果真是文风鼎盛，人才辈出。"一腹三翰林""同榜三进士""同堂七魁（举人）"等，清代梅州一半的举人都出自这里。闽南人喜欢唱"爱拼才会赢"，客家人的打拼精神不输闽南人，在盖屋这件事情上尤其如此。

百侯镇现有保存完好的明清古屋建筑一百多座。我在近晚时分抵达这里，九厅十八井的幽幽深宅大院，穿行犹如迷宫，若不是住户指点，不知道要绕到什么时候。中西合璧、别出心裁的花园与小楼相映成趣，紫色的睡莲在希腊风格的廊柱外与清风作别，与落日一同沉入霞光，看得我不忍离去。别具一格的大小祠堂里，无论是哪一个家族的祖先，都正襟危坐，里面的匾额和撰联，内容从教做人到教持家，可谓字字千钧，看得我唏嘘感叹：咱们中国人教育别人时真是头头是道。

镇上多古榕，葱绿之下，不乏简简单单"转弯抹角"式的客家民居，透露着邻里相好的恭、俭、让；民国初年即有的小学和操场，风格简约但有一股昂扬之气；红军也在这里留下了印记——开国少将杨永松就是百侯人，年幼时，他曾目睹朱德带兵在此短暂驻留，成为他日后参加革命的起点。镇上的少年宫面积很小，院落里20世纪80年代的瓷砖画上的标语，放在今天来看依然是那么美好："学会做人、学会求知、学会劳动、学会生活、学会健体、学会审美。"

次第点亮的灯火渐渐取代了天空中夕阳的余晖，夜幕下的古镇安静得让人觉得是在电影院里行走，在屏幕的一帧帧变幻之间穿越时空。我们最后拜访的一户人家，门楣上写着"四知传芳"。东汉"四知太守"杨震的"天知地知，你知我知"在中国人心中是良知、良心的代名词，看来这户人家和那位替百

建于民国初年的小学和20世纪80年代的瓷砖画

百侯镇的建筑风格不拘一格

百侯镇的建筑细节

侯改名的进士一样，姓杨无疑。

对一个当代中国人来说，离乡别祖已经是一种常态，闽南人和客家人均不例外。那些曾经将人牢牢聚集在一起拧成一股绳的建筑模式，作用已没那么显著。住在哪里已经不重要，在哪里寻找梦想才是关键。

历史上，还曾有一座非常著名的花萼楼，不过那只是它的简称，全名叫"花萼相辉楼"，始建于唐代开元八年（720年），位于长安的兴庆宫（今西安市兴庆宫公园）内。花萼相辉楼是唐玄宗与万民同乐、交流同欢之处，作为大唐的文化艺术中心，享有"天下第一名楼"的美誉，力压滕王阁、黄鹤楼、岳阳楼、鹳雀楼等四大名楼。只可惜，后唐的战火将其付之一炬。战乱年代，一批又一批中原士族衣冠南渡，到了福建，成了如今很多闽南人和客家人的先祖。

知识扩展

2008年列入《世界遗产名录》的福建土楼具有哪些特点?

● 土楼是一种生态型的建筑。其墙体以生土为主要建筑材料,掺入砂石、糯米粉、红糖、木条、竹片等夯筑而成,这些材料都来源于土地,取材容易且可重复利用,若土墙倒塌,木材腐坏又回归于土地,因此延续上千年的建造活动并没有对生态环境造成损害。其厚重的墙体不仅能有效抵御外患,且具有透气性的生土材料使其能自动调整土楼房间内部的温度和湿度,适应山区潮湿的环境。

● 土楼的外部空间与自然和谐地融为一体。设计者巧妙地利用当地的环境特点,把山、水、路、田、林纳入土楼的统一规划当中,创造出和谐自然的生活空间。合理的房屋布局使得分布于乡村间千姿百态的土楼及土楼群与秀美的山川融合在一起,形成一幅鬼斧神工的画卷。在造型上,土楼外形姿态万千,更是给人以美不胜收的视觉冲击。

● 土楼处处体现出人文之美。土楼是一群有血缘关系人们的群体建筑,其内部结构是完全畅通的空间,而向内开放的形式正是客家人相亲相爱、团结互助、亲密无间精神的体现。

大自然博物记

07

不拘一格
——九头马

新闻上说"九头马[21]"的一期维护和修缮工作，不算周边环境整治，就已经投入了2600万元。一栋清代晚期的民宅，投入如此巨资，钱都是怎么花的？值不值？

值。

九头马是一个家族的宅屋群，在福建省福州市长乐区的马头山下。群宅四周有封闭的高墙，宛若城堡，内有并排的三栋五进的清代晚期民宅，外加数个大大小小的花园，总占地近15000平方米。花园中共有八块巨石，是为"八匹马"，再算上背后的马头山，故而得名"九头马"。

毫不夸张地讲，九头马是迄今我在中国南方见到的最震撼的木构民宅建筑——用料、雕工、规模、想象力

⊙ 福建省

九头马

都是一流的。我承认,江南的徽州和广东潮汕地区保留下来的清代豪宅里,木雕和砖雕的精细程度比九头马确实要略胜一筹,但规模远比后者小,而且其内部的木结构,包括用料,都无法与之媲美。更关键的是,修建九头马的工匠们的想象力无与伦比,他们超越了前辈匠人的取材范畴,继承优良传统技艺,又大胆创新,让走进九头马的我大呼过瘾!

　　九头马的工匠们创造性地在回廊顶上建造了一连串的藻井,尽管这有违中国传统建筑的设计理念,甚至可谓是"僭越",然而山高皇帝远,管不着。每一个藻井都精美绝伦。充满奇思妙想的雕琢,让这一方方小小的天地成了工艺美术的展台，一层层收拢的藻井里，那些小人儿和动物们，仿佛就在你的头顶上演着一幕幕大戏，光影流动间有了灵魂。

在这里，绸带可以缠绕成一只只振翅欲飞的蝴蝶，如意可以舒展成流云，负责承托的"斗"变成了正在绽放的花儿或者翻滚的云彩，四面连接的"拱"化身成飞天或者乐器，隐约中有永乐宫壁画《朝元图》里的威仪与绚烂。

再看头顶的垂花，本是主角的莲花如今仅存最外层的花瓣，其余部分已不知去向。幸运的是，四周的荷叶、莲蓬与藕都还在，单独看，都是写实主义的惟妙惟肖；整体上，布局充满了设计感，形成彼此环绕的勾连。充满立体感的莲叶被施以绿彩并以金粉勾勒茎

藻井

脉，整体的背景则是一片朱红，似碧荷摇风，如霞光入水。

是的，这里充满了福禄寿喜、升官发财等略显"俗不可耐"的元素，但是没有大俗，哪来的大

雅？工匠们将主人家的钱财化作令人拍案叫绝的艺术，梁上那些四季花果、舞动的飞龙、憨态可掬的天马、活灵活现的鱼蟹，既源自生活，又讲述着对美好生活的渴望，是千百年来中国人的物质与精神世界的再现。

清末是我们这个古老民族开始努力睁开眼睛，从千年之梦中惊醒的时期。作为富商的宅邸，这里不再有那么多

雕梁

"二十四孝"的训诫，也少了很多"耕读持家"的理念，长乐所在的闽江口地区，彼时已经有了近代工业的雏形，资本主义对财富的追求和衍生出

"乐器"斗拱

的炫富心理，与中国传统里宗族间既长幼有序又同心同居的习俗，共同缔造了"九头马"的辉煌。

"富"并非就一定"俗"，成功商人往往更懂得物品的"价值"所在。举一个例子，尽管"九头马"内外充斥着各种雕刻，但是用作柱子的巨大金丝楠木浑身上下却并无一处雕琢，而是完美地呈现出木材本身的美。作

为参观者,你甚至会本能地想去拥抱一下这些巨大的木材,并且轻扣其上,贴耳聆听,仿佛有嬉笑声穿透岁月而来——那是院落里的童子,正躲在柱子后面与阿姆玩着捉迷藏的游戏。

九头马里大多区域已经人去楼空,只有几位上了年纪的人住在里面,对于先祖们的遗产,他们既是继承者,也是讲述者——他们向我们讲述的不仅仅是九头马的建筑细节,似乎更是对自己童年的一次次追忆。

近年来国家对优秀传统文化大力提倡,绝大多数由国家投资的顶级博物馆和全国重点文物保护单位均免费开放,文化自信日渐有成。在此背景下,地方政府也加大了对九头马的保护和修缮工作。九头马管委会里的黄

雕梁

主任看上去挺年轻的，他热诚地邀请我看他们拍的纪录片，分享保护工作的经历以及自身对九头马的认知和理解。从他脸上不难看出因这份工作而带来的自豪。很简单，九头马能够面向世人重新绽放光彩，有他的付出。

面积很大的九头马至少还有一半的屋子尚待修缮，我觉得除了将其中最有价值的一部分加以维护之外，留一些任其风雨就好。原因很简单，对于参观者而言，见证了繁华与颓废的对比，才能够深刻理解一切美好并不是理所当然的存在。

九头马的外面有两只石狮子，原本是在家族祠堂门口的。后来祠堂毁了，石狮子被盗，运到漳浦准备走私到台湾，幸被警方成功拦截并送了回来。狮子威猛，赶上时代不济也同样自身难保。清末外敌环伺，慈禧和满朝文武却相信了洋人"膝盖不能弯"之类的鬼话，最后的结局已不用多说。

如何破局？也许九头马里倒是能看出点希望："拥抱世界，拥有自信。"

08

海归的高光时刻
—— 丛熙公祠

　　在中国南方，城墙保留比较完整的大城市很少，有千年历史的潮州古城算一个。以广济门为中心，方圆两千米范围内就有 7 处全国重点文物保护单位。即便你对那些古建筑里的雕梁画栋、藻井飞檐不感兴趣，广济门外，韩江上的广济桥总归是能震撼你的。广济桥有多美？这么说吧，小时候我心中那些架在云端、通往神仙府邸的桥就该是这样的。不过今天我不打算写这些地方。我想写的是即便在潮州也少有人知，更少有人去拜访过的地方——丛熙公祠[22]。

　　丛熙公祠位于潮州城正南约六十里。若是过去，可以从潮州广济门外的韩江顺流而下，在潮安区的东凤镇码头上岸，再向西过了十来里水网密布的道道埂埂，便

⊙　广东省

到了彩塘镇上的金砂一村。丛熙公祠就在村里,被上百户人家围在中间。一抬头就能看到祠堂大院的北门楣上写着"宜子孙"三个字。然而一百多年的工夫,里面住的人早散了,倒是屋子自身的气派依旧满满当当。

丛熙公陈旭年不是历史上什么了不起的大人物,但肯定算个角儿,还是个狠角儿。1844 年,年仅 17 岁的陈旭年一贫如洗,决意出洋谋生,只身来到柔佛国(现马来西亚的柔佛州),然后带领众多潮汕籍乡亲,在柔佛的原始森林里披荆斩棘、开山垦荒,还发现了新锡矿,一顿操作猛如虎。与此同时,他还和柔佛贵族阿布加拜了把兄弟,顺便娶了人家的表妹,成了潮州人口中的"番驸马"。阿布加继任柔佛苏丹后,随即将境内 10 个港口交给陈旭年管理,陈旭年逐渐成为南洋最著名的富商,被封为"甲必丹"(华侨长),授予"资政"头衔。所以在丛熙公祠院子的南门楣上,你可以看到"资政第"三个大字。

丛熙公祠坐东朝西,设有南北龙虎门,整个建筑群既是祠堂,也是陈旭年家的府邸,属于较为典型的潮汕建筑样式——驷马拖车。如今保留较为完整的是中轴线上的祠堂,包括门口两只石狮子,大门、门厅、天井和两边回廊,以及居中的拜亭和前、后二进的后祠。门厅为石结构,拜亭和后祠均为歇山顶木石结构建筑。

拜亭

潮州木雕享誉海内外。丛熙公祠里的拜亭，梁架上的麒麟飞凤宛若活物，仿佛随时会跳下来，在你脚边与人嬉戏，或者落在肩头与人亲昵；而寓意"河清海晏"的各种螃蟹大虾则因为过于活灵活现，以至于站在亭内抬头仰望的我忍不住垂涎三尺。不是我嘴馋，毕竟一想到美食，中国极其讲究之地就包括潮汕地区，所以这是一种很自然的条件反射，对不对？

梁架上的木雕

22

石雕方堵

拜亭和后祠的柱子也很有特色，是花岗岩的，呈米黄色，部分中间微鼓，多有瓜棱或梅花棱，虽然缺少了木柱的雍容，却有种坚不可摧之感，同时因为无须非常粗大即可承重，所以颇有秀美之态，当真叫人喜欢。其实此地距离大海不远，气候潮热，用石材替代木材再好不过。木雕虽然精美，但是丛熙公祠里最让人叹为观止的是石雕。这些蕴含着世间百态、包藏着传说中天国神府珍禽异兽的石雕，其精细程度以及高超的镂空技巧，让人感觉它们并不是工匠们"凿"成的，而是用刀尖从石头中慢慢"剔"出来的。

备受世人推崇的是门楼左右两块石雕方堵，一块称为"渔樵耕读"，另一块是"士农工商"。山水树木之间，人物穿插经营颇为得当，画面疏密有致，又不妨碍各自神采飞扬。农夫手中的牵牛绳上，细纹如毛发。取自民间生活场景的这两幅石雕虽然都不到一米见方，却有一眼望不尽的横生妙趣。我因为喜欢大自然里的万物，所以大门左右的两块以花鸟鱼虫为主题的石雕更得我心。你瞧，单单一个拐角就是一出大戏：白鹭站在荷塘里，荷叶下躲着一只青蛙，它虽然不敢轻举妄动，却也紧盯着荷叶背部趴着的一只小甲虫而不肯离去。联想到陈旭年在南洋的发家史，也许它就是一只"富贵险中求"的"青蛙王子"。还有门上的苦瓜，上有草虫，触须又长又

石雕的雀替和垂花柱

细,仿佛是秋天在上面颤抖,由此看来,这苦瓜也是到了成熟之际,恰所谓"苦尽甘来"是也!

至于梁柱交接处的雀替①,竟然是一只鳌鱼。北方建筑上,常常被用作鸱吻②的鳌鱼蜷缩在柱梁之间,乍一看不禁替它觉得委屈,然而你瞧仔细了:这鳌鱼周身卷浪,波涛之间,犹如蛟龙出海,比起虽然高高在上却被钉死在屋脊,岂不是要畅快淋漓得多?在陈旭年的精神世界里,他也许就是这只做出了不一样选择的鳌鱼吧。

发迹于南洋的陈旭年正是在这栋老宅子里颐养天年的,虽然75岁时不幸感染疟疾而亡,但在当时也算高寿了。"丛熙公"这个称号,我也不清楚从何而来。据说陈旭年曾因同治年间给西北诸省的难民捐巨资赈灾,

---

① 雀替,中国建筑中的特殊名称,是放在柱子上端,用来与柱子共同承受上部压力的物件。
② 鸱吻,中国古代建筑屋脊两端的兽形构件。

被慈禧太后赐了二品顶戴,并敕建"急公好义"的牌坊。我琢磨着,熙乃"晒干",引申为"光明"之意,"丛熙"应该是"光明聚集"的意思,大约陈旭年这样的人物,总是能给人以希望。

还有一个有意思的现象是,当时南洋华侨回国建大屋的不在少数,多数人盖的都是中西合璧的式样,厦门鼓浪屿、广州番禺、潮州古城等地都不难找到这样的范例,但是丛熙公祠却是纯粹的中国传统建筑,只不过用了很多石料替代木料,并且借此将潮州石雕技艺推向了超越潮州木雕的高度。也许,真的是因为出国之后更爱国吧。

知识扩展

一起了解潮州石雕

●潮州处于粤东的沿海地带,气候湿热,海风的侵袭使得木结构建筑易受腐蚀损坏。为了防潮、防雨、防白蚁侵蚀,潮州传统建筑在台基、柱础、柱子、梁架以及门厅的构架方面多用石结构,并以丰富多彩的建筑石雕进行装饰,形成了独特的潮州建筑石雕艺术。潮州石雕,以花岗岩为材料,铁锤、凿子为工具,从大而小,从外及里,从粗到细,层层遍遍,精雕细刻,通过各种艺术处理,作出立体雕、浮雕、线雕、影雕等,作品以造型优美、形神生动、气质浑厚、古朴庄严为特点而闻名于世。

古韵今风：
石窟壁画的动人故事

甘肃省　四川省　山西省　河南省

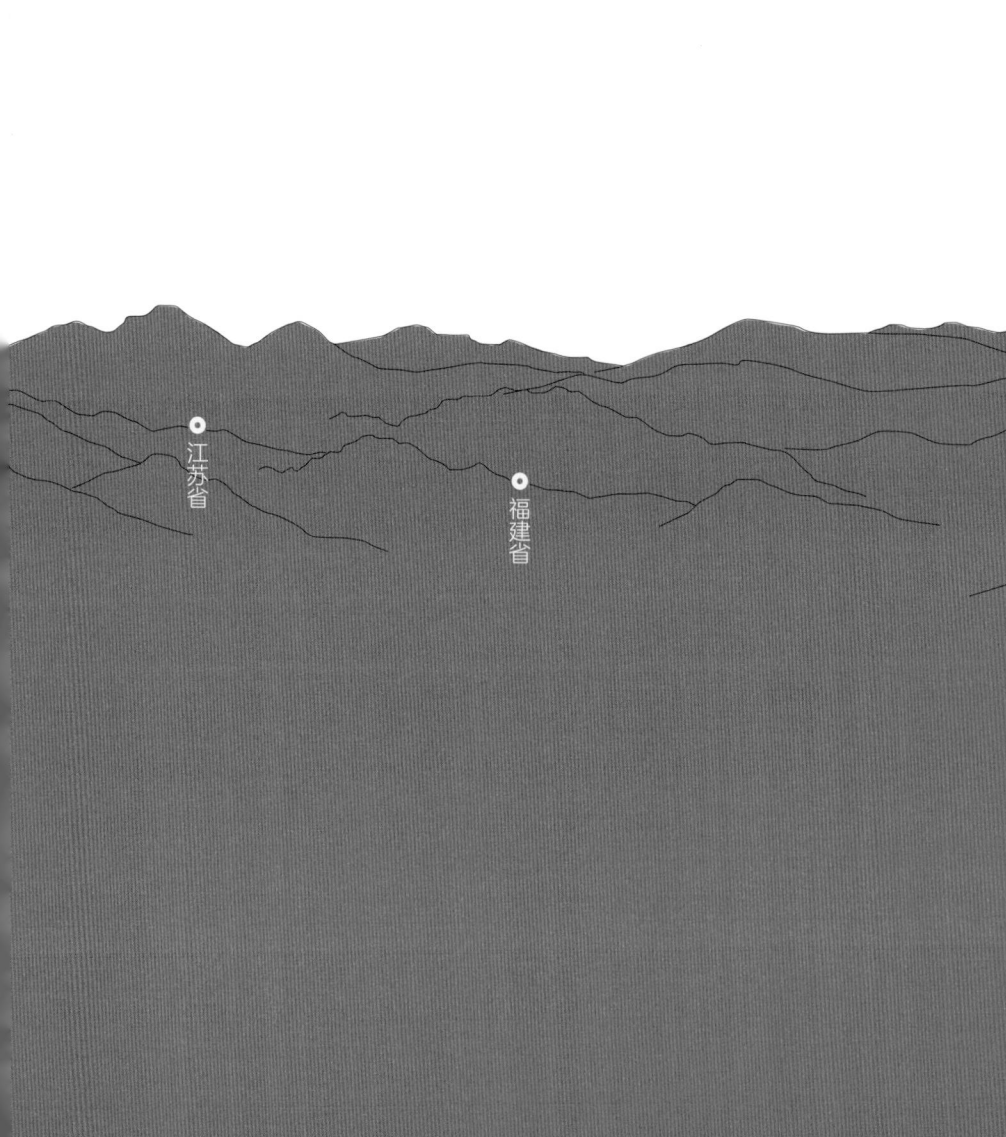

01

崖上闻妙音
——麦积山石窟

我对麦积山石窟[20]慕名已久,即便是在看过龙门石窟和莫高窟之后,依然如此。

中国古代塑像艺术基本只体现在佛教艺术当中,很少如欧洲那般为人而塑。偏偏这麦积山石窟的佛像颇有人性——既不全是凶神恶煞,也不是一味的慈眉善目,而是喜怒哀乐世情尽显,衣飞带舞令观者如沐人间春风。

秦岭高大、逶迤、绵长,将中国一分南北。麦积山是秦岭山脉中的一个异类,不高,是孤独的一座"麦垛"。可"山不在高,有仙则名",几百年的雕凿和顶礼膜拜早已让这里成为朝圣之地。

在依着崖壁搭建的阶梯上,我是如此贴近每一处的石窟和佛像,以至于根本无法窥视石窟的全貌。然而,

◉ 甘肃省

此时的我可以尽览四周山林起伏的碧涛，就连那些飞鸟的踪迹也尽显无遗。

红嘴蓝鹊很多，即便是经年沐浴在佛法之下，面对其他鸟类和蛇蛙之时，它们凶悍的本质依旧不改。也许它们是护法神的化身吧？毕竟面对恶魔，菩萨也有金刚之怒的。至于那些喜人的柳莺，像到处飞舞的妙音鸟，让动听的旋律始终充盈耳畔。

架不住有太多人会伸手触摸佛像，管理方最后干脆将很多石窟用铁锁锁上，用密匝的铁丝网拦住，我只能无奈地欣赏，甚至必须将手机靠近铁丝网孔，才能看清里面的菩萨是喜是忧。那些菩萨若是有灵，定然哭笑不得。

人流匆匆，拥着我快速前行，每一处几乎都只能匆匆看上一眼，那些衣褶的曼妙、笑容的深浅、璎珞的繁美等，都只能模模糊糊地充斥脑海，却无法让人细细地品味。还好有相机，事后我在家里整理当天的照片，数量并不多，却足足看了整整一个下午，直到夕阳西沉，透过窗户映入房间，带着融融暖意。

当然也有几处精彩而宽大的石窟，足以让你一睹佛像绝美的风采：玉唇微启，似有佛音如清泉般汩汩而来；尽管岁月已经让佛像脸颊上的红润氧化成黑斑，看上去有些古怪，但细细品味，却正好与螺髻相映成趣，佛法

佛像

佛像

的妙不可言或许就在于此；塑像身后的佛焰不仅色彩瑰丽多姿，线条亦是精妙，有的如天光乍射，有的似山泉喷涌；那些大鹏金翅鸟，相传本是印度教里毗湿奴（维持当下世界的大神）的坐骑，到了佛教里，成了护佑释迦牟尼的护法神，倒也顺理成章，据说它每天都要以蛇为餐，难道是蛇雕修炼而成？

　　作为一个对佛教一知半解的业余宗教神话爱好者，看着这里的佛陀、菩萨、侍者、神兽神鸟在眼前活灵活现地呈现，就好像儿时在翻看童话读本，带着自己的想象和奇幻的憧憬，构建出一个极其"真实"的世界，只不过这种"真实"的奇特非他人所能体会。

　　佛曰："不可说。"

　　麦积山，你至少应该来一回。无论是佛国的梵音，

麦积山

还是林间鸟雀的鸣唱,都值得你花上一整天的时间细细聆听。岁月经年,时光匆匆,你会忘记无数个日夜,但是在麦积山的一日,当你站在高崖外,与佛像撞个满怀的一刹那,你会发现:世界很小,小得让人感到局促,逼迫得人诚惶诚恐;世界又很大,大到透过佛陀的眼睛你可以理解过去、找到现在、无畏于未来。

我的脚下,西秦岭的山风呼啸而过。

02

菩萨入凡尘
——巩义石窟寺

我正计划去中原走走，一位郑州的老友发布了一张石像生①的照片，让我眼睛一亮——北宋年间帝王将相墓葬前的神道两侧，各色石像神情优美大度，怎可不列入行程？我问他地址，他说在巩义县。正要谢过，又见他发来一句："石窟寺你也可以去看看。"

导航更新的频率赶不上华夏大地各处修路改道的速度，在疑惑、不安、猜测和碰运气的想法中，我们四人终于驱车抵达石窟寺门口。1982年立的"全国重点文物保护单位"的石牌就竖在寺门口，老旧又透着神秘。

工作人员示意我石窟在寺庙背后，直接往里走就好。

---

① 帝王陵墓前安设的石人、石兽统称石像生，又称"翁仲"。

⊙ 河南省

大佛

我觉得既然都来了寺院，好歹也要进大殿看看嘛。可一进去就愣住了。

也许工作人员让我忽略这寺庙真的是出于善意——佛殿里面的雕塑虽然繁多，但是看上去新得很，这倒不要紧，关键是这些罗汉、菩萨、佛陀的形象实在是有点让人出乎意料，全都是蒜头鼻、倒坠腮、嘟囔嘴、厚嘴唇。我差点笑出声来。

本想转身就走，因为觉得滑稽，忍不住又多看了几眼，忽然好奇塑像师是从哪里请来的世外高人。那些人物造型像极了美院课堂上人体素描的绘样，体态面貌夸张，但神情个个精准，人物关系错落有致——疏中见尊、密中带亲，越看越有趣味，当真是大俗大雅。只是凝神

大佛

一看,又分明是丑陋的,并无往常所见佛像之威严或者慈悲。于是不禁心生疑惑,觉得这一切到底都还是我的错觉。

石窟寺里的造像在寺庙后面的一座小山上,规模不算大,数了一下,五个洞窟,三尊摩崖大佛。大约是因为历经千年,当地地基抬升,石窟半沉在地下。走在石窟外新修的风雨廊里,恰好可以平视大佛,佛像保存得不错,微笑千年不灭。

洞窟是可以进去参观的。四周有数千小佛,眉眼可鉴。佛像的衣衫均由线条勾勒,趺坐时袈裟垂在莲座上的褶皱如云卷云舒,潇洒得很。穹顶上刻有大量的飞天,虽身形各异,但皆是衣袂飘飘,如"云之君兮纷纷而来下"。

窟内光线昏暗,我的相机快门却停不下来,实在是每一细处皆有文章,越看越爱。站在那位手持小扇、胳膊上薄纱轻搭的供养人造像前,果真似有微风徐来;再看那两位展手对辩佛法的僧人,人立在前,辩经之声如是我闻。在石窟内,仰头可尽观菩萨低垂之慈目,但也莫要错过低处梵音伎乐天的大欢喜——怀琵

飞天

蹲击腰鼓的伎乐天

帝后礼佛图

抱阮、鼓瑟和鸣，洞箫如歌。最喜的是那尊蹲击腰鼓的，颔首垂目，神情肃穆，却掩饰不住那一丝陶醉。绕了一圈，这才发现原来石窟入口两侧的墙面上雕的是堪称国宝的"帝后礼佛图"。阵容庞大，人物生动，宛若历史场景再现，是研究北魏时期历史的重要文献资料。端详时间稍久，便似可听见鼓乐齐鸣、佛号喧天。

走出石窟，觉得天忽然亮了，眼睛竟有些不太适应。缓了缓，这才继续端详那些摩崖石刻。扭头转身的力士、手持长枪的武士、亭亭玉立的菩萨、端坐入定的佛陀，或大或小全都活灵活现，简直一伸手就能借助他们碰触到三千娑婆世界的真谛。能够如此近距离地参观，实在是在国内现存所有顶级石窟遗存中难得的体验。

我是有点迷迷糊糊地走出石窟寺的,脑海里依旧是那尊大佛带有甜味的笑容,再看此行的同伴们,也全都面带微笑,先前来时找不到路的各种焦躁全都一扫而空,个个目明心澄。

想起一句话:相逢是缘!

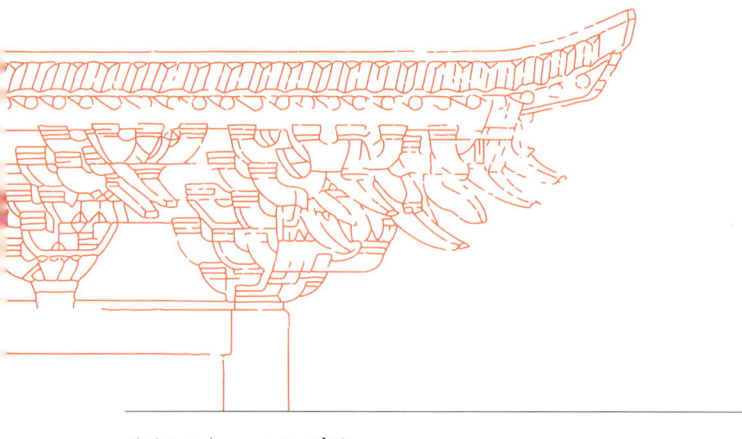

03

繁盛尽在云深处
——云冈石窟

20世纪最后一个国庆假期，我去洛阳，彼时的龙门石窟人山人海，神佛却没见到几尊完整的——大多已被彻底毁掉或者凿去面容。我尤其记得那尊杨枝观音，身姿优美，令观者的目光都会变得温柔，相传梅兰芳当初据此塑造了洛神的舞台形象，名动天下。大师的一颦一笑还保留在影像资料中，然而菩萨的面容究竟是喜是忧，却再也无从知晓。

那时候我见识太少，龙门石窟硕果仅存的那些雕像就足以将我震撼得五体投地。二十年后，面对云冈石窟[25]的炫彩世界，我有点庆幸当初先去看的是龙门石窟。

龙门石窟是魏孝文帝迁都洛阳之后兴建的，开凿年代要晚于云冈石窟，但得益于周总理的全力保护，云冈

⊙ 山西省

云冈石窟大佛

石窟保存相对完好,不仅佛国盛况之下的色彩斑斓至今仍让人叹为观止,那些神采飞扬的神佛亦能够在千百年之后,与世人目光相互碰触,引人陷入冥思。

相比龙门石窟,这里的诸多大佛看起来面容略显生硬,不及卢舍那大佛柔美。就我个人的直观感受来说,龙门石窟呈现出的重点本是"佛国",而非"佛陀"。那是一个众生开始将信仰融入生活的时代,是在中华文化远古的血性中注入了慈悲的时代,是在庄严与冷酷中开始滋长出宽容的时代。然而这一切都才刚刚开始,云冈石窟里的佛陀和菩萨,在当时人的心中,大抵还是一个高高在上需要被膜拜的训导者,以今人眼光看,显得还不够"亲民"。

03

佛教在北魏因为皇家的鼎力支持大行其道，不料这原本讲究涅槃脱离六道轮回的佛教竟然很快就异变成利益集团的工具，空前繁荣的寺院经济甚至让一些人试图染指政权。主张师法自然的道教思想认为"盛极必衰"，也正是因为当时笃信道教的宰相崔浩的力谏，北魏太武帝转身投奔道统，自命太平真君，后又怀疑寺庙与反叛者合谋，于是下令"灭佛"，一时间沙门惨烈。只不过终归错的是人，不是佛。所以太武帝的继任者文成帝兴建云冈石窟，重新光耀佛门。

据说是太武帝化身的大佛

繁盛尽在云深处——云冈石窟

洞窟内琳琅满目

03

　　云冈石窟有一尊大佛，浑身上下刻满了小佛像，据说那尊大佛就是太武帝。有人说那是表示太武帝对灭佛一事的忏悔；有人说那是表示佛教众生对太武帝的宽恕，因为就在大佛旁边有一尊同样硕大的菩萨，被认为是云冈石窟大型雕像里笑得最美的。那笑容需要我们弯下身子再仰头，才能透过二层的透光洞看清，我和一干游客一样，拗着古怪的姿势，在目睹了那似有若无的微笑之后，心满意足地离去。

　　若将云冈石窟和敦煌相比，敦煌胜在无处不在的精美壁画，云冈的看点则是满石窟的石雕，门楣、石柱、墙壁、顶棚，满满当当，层层叠叠，到处都是佛像，都不知道该从哪里开始欣赏才好。雕像本身和数百年之后的唐宋相比，自然显得有些朴拙，然而这里的看点是"繁盛"二字，是身陷其中面对诸天神佛的应接不暇。这里到处都是故事，在历经千年依旧光彩照人的矿物颜料下，组成了一场想象与视觉的狂欢。

　　唯一想不明白的是，为何云冈石窟如今的管理者不让游客拍照？查证后才知，一是洞窟内空间小，怕游客聚集；二是闪光灯可能没设置关闭，容易造成破坏。有网友反馈后，景区已将提示语改为"请勿闪光灯拍摄"。如果之前云冈石窟精华部分的照片能够流传得更多一些，我恐怕早就特意来了，而不是仅仅将其作为这次华北旅行中一个匆匆的安排。是的,我很无知,竟然一直以为这偏居一隅的云冈石窟不会有什么太精彩的东西。

吊诡的是,原本更加精美的龙门石窟,因为早早名扬天下,结果破坏严重,未能保存多少;而藏着掖着的云冈石窟,却能在今天给我们诸多惊喜。龙门石窟中杨枝观音的面容究竟是喜是悲?答案或许不在佛教,而是藏在道家的"道可道,非常道"?

04

人间有仙神
——显应宫

我第一次踏上福州市长乐区的土地，是在 2008 年，当时做的第一件事，是急匆匆地出海去找中华凤头燕鸥——当时全世界可能还不足 50 个人见过它。我很幸运，看到了。湿身、暴晒、疲惫，以及被狂风吹起的沙子打在身上针刺一般的疼，都值了。

一晃就是 12 年，我又来到长乐。这一次我没下海，而是去了一个寺庙，还是新修的，叫显应宫[26]。显应宫主供观音和妈祖，这在福建沿海很常见。值得一看的是大殿石柱上的雕花，龙飞凤舞，百花齐放。不过毕竟是新修的，虽也尽了心力，叫人眼花缭乱，但比起古人慢悠悠一刀一凿做出来的，就好比是魔遇着了仙，差在"境界"。是什么吸引我来显应宫的呢？是显应宫地下的

◉ 福建省

宝藏。

显应宫地下出土的彩绘泥塑群像，如今已是全国重点文物保护单位，大大小小共有 44 尊，分布在前二后三共计五个神台上。地宫内灯光昏暗，然而一尊尊神像那写实与典雅融为一体的面容依然足以抓住你的视线，这是清代做不出来的，但也不会是宋元或明初，必定是永乐以后的。之所以我敢"断言"，是因为地宫里有一尊塑像是郑和。

前面西侧的神台上，居中者便是郑和（迄今已发现的最早的郑和像），当地人称之为"巡海大神／臣"（长乐话"神、臣"同音）。此祭台上剩余的人像中，有一

郑和像

地下大殿

尊矮小些的，相貌和打扮一看就是个番人。

郑和下西洋时，庞大舟师的驻泊基地和真正远征的起点就是位于长乐的太平港。当初郑和在此豪情满怀，风光无限，他不喜俯瞰太平港的圣寿宝塔名字中的谄媚，遂命人凿去塔名，以附近临海的三座山峰为之重新命名。如今这塔还在，只是郑和死后，明朝仍闭关锁国，"片板不许入海"，塔名也被当时的地方官改成了雁塔。彼时以圣寿宝塔为航标下西洋的船队早就散了，船板烧了，船锚锈了，郑和即便地下有知，应该也懒得纠结塔名了。

地宫里，郑和这群人在西祭台，妈祖和她的仕女在东；在闽东一带赫赫有名的临水夫人陈靖姑和她的姐妹们则在郑和后面的祭台上，她们是专门保佑妇女儿童的。

过去航海贸易和出海打鱼是男人的事情,所以妈祖其实保佑的是男人。三位生前都是人的神明聚集在此,于是无论男女老少,谁来都有的拜!想想还挺有意思。

据说神像出土的时候保存完好,基本在祭台上原封未动,但后排东祭台上的塑像出土的时候却已不见踪影。中间的祭台则挤着两尊主神及陪同,分别是勾陈大帝、阮高大王及夫人们,所以我猜后排东祭台本应该是勾陈大帝的位置。

勾陈(亦作钩陈),指天上的紫微宫,就是北斗七星的那个勺子部分,在中国古代传说中是天帝住的地方。勾陈一,指的是北极星,勾陈大帝就是北极星的化身。航海需要夜观星象来定位,北极星是最重要的参照物,所以重视航海的长乐人怎么拜勾陈大帝都不过分。

然而阮高大王是谁?我查了半天资料也没找到线索,那就只能瞎猜了。如果阮是姓氏,又要和航海沾边,还要在明代之前,以我所知,那就是水浒里的阮氏三兄弟了,他们都是水中好手。难道阮高大王是他们仨的化身?但这也太牵强附会了。显应宫里还有一位马将军,我就更搞不清他究竟是谁了,不过马将军面相不错,据说是保佑平安健康的。那就一起拜拜呗。

显应宫始建于宋绍兴八年(1138年),八百多年香火未断,明代时后殿还被辟为"凤岐书院",以教化乡民,最后一次重修是在清道光二十一年(1841年)。大约在光绪年间,一场天灾来袭,显应宫一夜之间被海上吹来的风沙掩埋在地下。若干年后,人们在这里又建起了村庄,村名"仙岐",不知道是否有"歧路遇仙人"之意。总之,显应宫及其"仙人"们就"住"在村庄底下这件事,渐渐就无人知晓了,直到1992年6月22日。

当年的6月21日,《福建日报》刚刚登载了国务院批准建设长乐国际机场的消息。6月22日,机场所在地仙岐村的一位村民在屋头的沙丘中挖到了一堵墙!随后,栩栩如生的泥塑神像展现在人们面前。同期出土的文物中,除了前述这些色彩令人惊艳、面容让人倾倒的塑像,最引人注目的是一幅清朝嘉庆年间的木制匾额,上书"愿愈应"三字楷书。据说已发掘的遗址仅显应宫的后宫部分,前宫尚埋在邻近十余户农舍之下。遥想当年的显应宫,定然是规模宏大、香火鼎盛的喧嚣沸腾之地。

20世纪90年代,中国经济开始腾飞,一切都是欣欣向荣的样子,机场建设是地方上的大事件,恰逢神像重见天日,世人不免浮想联翩。加上神像出土当晚,有数百只美丽的"大彩蝶"翔集于此,而且全停在刚刚出土的神像之上,一时间"祥瑞之兆"被传得沸沸扬扬,四方乡民皆来拜祭。当时的照片还在,我看了一眼,暗暗笑了一笑。那些"大彩蝶"全都是蛾子,以天蚕蛾科的居多，它们本就是夜间才出来活动的，具有极强的趋光性。而当时为了保护出土文物，四周的大灯彻夜未熄。不过，心怀着美好的期许，日子总能过得更加幸福一些。

　　如今，中国的远洋货轮遍及全球，郑和、妈祖、临水夫人、勾陈大帝，还有不太清楚究竟是谁的阮高大王和马将军，这些海神们的"法力"都被各种先进的仪器继承了下来。然而，船走得越稳、航行得越远，我们在这新的大航海时代，也越需要承载自己的文化。只不过这一次，既不需要去彰显什么天朝威仪，也无须惧怕刀枪火炮，重要的是去交流融合。长乐未央，这是世代中国人的期盼，神话之鸟中华凤头燕鸥消失 50 年后重现，显应宫里都曾是国人的神仙们重出江湖，大约也是因为乐见其成吧。

05

女皇的身影
—— 千佛崖与皇泽寺

  2022 年初，在去唐家河自然保护区的路上，我顺道参观了四川广元的两处历史遗迹——"千佛崖[27]"和"皇泽寺[28]"。去之前我已经做了不少功课，对其略知一二，可身临其境之时，依然有喜出望外之感。

  这两处古迹都与广元（古称"利州"）人武则天有关。武则天最开始是宫里的才人，后来一步一步登上皇帝的宝座。宋庆龄说武则天是"封建时代杰出的女政治家"真不算过誉——她的时代上承贞观之治，下启开元盛世。唐代早期佛教兴盛，唐高宗后期，佛教某些信徒敬献《大云经》，说武则天是弥勒下凡，理应登位大宝。这种言论自然很受武则天欣赏，不久之后，洛阳龙门石窟里，就有了面容依照武则天雕刻而成的卢舍那大

⊙ 四川省

千佛崖

佛；千佛崖的大云洞内，更是早早地就立了一尊弥勒菩萨，后面一边是唐高宗，一边是武则天，只不过一违常态，是男右女左，男低女高。

　　千佛崖石窟的规模以及石像保存的完好程度都超出我的预期。石窟在嘉陵江岸的崖壁之上，清晨的江水寒烟笼罩，四时无歇的江风和水雾令不少佛像的面容隐没在时间的洪流里，除了底层以及中层有几处石窟空间略大之外，这里的石窟面积偏小，但是成千上万的佛像密密麻麻地在这八十年前依然人来人往的金牛道（蜀道之一）边存续了千余年，这本身不就是一种伟大的行为艺术吗？！创造出这种艺术的，是中国人对佛法、对先祖、对善治者的膜拜和信任。

1935年川陕公路的修建导致了千佛崖石窟毁损近半，1939年梁思成带领中国营造学社曾到此考察，并留下了珍贵的影像记录。那次为期两年、涵盖当时四川省和西康省（包括如今的四川省甘孜藏族自治州、凉山彝族自治州、攀枝花市、雅安市及西藏自治区昌都市、林芝市）的古建调查，也是中国营造学社最后一次野外考察。

尽管也有部分石窟内的石刻和壁画值得细细揣摩欣赏，我依然觉得参观千佛崖的重点并不需要放在雕刻工艺上。除了少数几个石窟之外，大多数石窟从美学角

千佛崖造像

罕见的密宗造像

度看,仅仅是一次又一次不同程度上的重复,然而如果你闭上眼,去听锤凿相击的声音,去听石料崩开的声音,去听江风呼啸、江流拍岸的声音,你会明白这种凿石成佛的背后,也正是当初凿开秦岭与大巴山、开辟了一条条蜀道的精神之力。

无论当初这些佛像的诞生是因为什么,千余年来,他们始终以沉默回应世人的口舌,以低垂的眼神去看世人的心。你需要将自己沉浸在四大皆空的时空之中,忘却一月的寒流、三月的春风、五月的阳光、七月的暴雨、九月的桂香和十一月的秋霜,然后才能听到佛的窃窃私语。佛会说:睁开眼睛看到你,这是多么美好的一天。

皇泽寺是国内唯一祭祀武则天的祀庙。一进门就能看到一块巨石上保留着数个石窟,据说武则天出生的时候,她的父母特地在这里开凿石窟为她祈福。等到武则天登基之后,这些自然都成了圣迹。唐代宗初年,颜真卿为

武则天像

大佛楼内佛像

利州刺史,曾写《心经》一卷,刻于此处。时光荏苒,巨石曾长期遭到尘埋土封,后世先见《心经》,若干年后方知还有武氏父母开凿的祈福石窟,故此处名"《心经》洞"。

皇泽寺里还保存着一尊武则天老年时期的塑像,让人见证了一代女皇的威严和睿智之相——她身着尼袍,头戴佛门宝冠,双手相叠于膝,作禅定印。

大佛楼是皇泽寺内非常重要的一处遗迹,巨大的佛像开凿于唐代中期。也许是因为此处乃皇家力量修建的,从工艺上看,比千佛崖的留存要略胜一筹。这座石窟内的"供养人"身着官服,头戴唐制双翅官帽,双手合掌,跪于佛前。张大千说此"供养人"是被废的唐中宗李显,因希求复帝,以取悦母后,正为其母祈祷之。另一说法为章怀太子李贤,因李贤曾令范晔诠译《后汉书》,有影射皇权旁落之嫌而得罪武则天,被废为庶人;后来李贤监造皇泽寺时,让石工将自己的像雕于大佛脚下,以示忏悔请罪。不管是谁,武则天在当时的人心中是铁一般的存在,威严堪比佛祖。

物极必反。

武则天最终还周于唐,传位唐中宗,临终前还留下遗诏:"去帝号,称则天大圣皇后。"等到唐代后期,佛教寺院过分扩张,且土地不纳税,僧侣免赋役,大损国库收入,最终招致武宗灭佛,诸多佛寺被毁,佛像被砸。幸有一些心中依然笃信佛法的人,偷偷将佛像藏于地下,千佛崖附近出土的罗汉寺窖藏便是证明。

大佛楼边有一块"神"字碑,本来在千佛崖的,不知道为何被搬到这里来了,与一些小佛龛放在一起。那些小佛龛细看皆有神韵,想想被放到这

"神"字碑

里也不算太过分。

皇泽寺里宋代墓葬出土的石刻砖雕也值得好好看看，共 24 幅画，7 个主题，分别是《四宿神兽图》《戏剧演出图》《大典演奏图》《男女武士图》《孝行故事图》《墓主生活图》和《花卉图》。画里的女武士天下无双，让

石刻砖雕

人疑心是数百年后广元的宋人在向武皇致敬。《墓主生活图》里的飞壶传酒，似乎有高人隐身于宾朋之中，正负责执壶添酒，让我想起动画片《崂山道士》。

相比上述动辄千年的文物，皇泽寺内我个人最喜欢的文物其实历史并不长，才刚过百年，是一组蕙兰的碑刻，清光绪戊申年（1908 年）马履安所绘，正反两面，一共 24 幅。兰如林下美人飘然若仙，亦似君子出于幽

谷……这些美好在碑上点划成舞，令顽石芬芳。只可惜为了防止它们继续遭不良游客毒手刻画，不得不用玻璃遮挡，反光得厉害，看得不够真切。

我忽然又想起梁思成，他是不是也曾如我这般一声叹息过？

06

探寻"画中仙"
——甘晋记行

  第一次参观古代壁画,是 2010 年在甘肃的榆林窟,张大千曾临摹的水月观音就在那里。

  大漠上空,骄阳炙烤,被疏勒河冲刷出来的沟谷内却清凉无比。石窟外,崖沙燕急飞;幽暗的洞穴中,菩萨在墙壁上一动不动,已安坐了千年。当然,对他来说这不过是一须臾。你看,那飘带被夜风吹起,还在空中舞动,尚未落下。青金石调制出来的靛蓝至今依然闪烁着魅惑,其他的颜色大多褪却或者被氧化,即便如此,也不难想象当年的盛装。在讲解员手里的冷光电筒引导之下,我们缓缓地跨越千年,与佛国最慈爱的微笑相逢。

  接着就去了敦煌。我待了整整一天,逛遍了当时所有开放的洞窟,逛到下午的时候,我已经可以当导游了。

⊙ 甘肃省 山西省

敦煌飞天

对敦煌的向往源自小时候看的美术片《九色鹿》。就在我逛得腿发软时，在某一个洞窟阴暗的侧后面，《鹿王本生图》终于出现在我眼前，心中藏不住的开心让我迫不及待地就跟身边的游客分享起来。带队的导游小姐姐当时声音都变了，说她都不知道九色鹿就在这个洞窟。听得我不知道是该得意还是该感慨！

少不了要去看赫赫有名的敦煌飞天29。小时候，家里挂过一幅四联画，上面就有著名的反弹琵琶像；看了无数遍的美术片《大闹天宫》里采蟠桃的七仙女，她们曼妙的飞行姿态显然也是从敦煌的飞天壁画中演化而来。那一天在敦煌，与儿时的记忆相逢，打心底觉得亲切，仿佛他们都早已料到我会来此，专门在等我似的。

此后好多年，我忙着追寻天空中飞鸟的踪影，尽管走遍了中国大地，却不曾再看到堪称一流的古代壁画。直到2016年为了褐马鸡，终于下定决心去了趟山西，结果心中的那点心思竟然又被点燃。

玄中寺在山西省交城县，附近有褐马鸡出没，没想到第一次去没瞧见褐马鸡，寺庙中的壁画30却令我眼前一亮。这些壁画显然都是新作，竟能有如此高水准？仔细研究落款，原来是中央美术学院

（简称"央美"）和敦煌研究所联合制作的，怪不得画风眼熟。

绘制壁画是个细致活，央美的学生们尽管也耗时两年，但显然还是"快"了些。这壁画远看美妙，近观笔意还是不够沉稳，眉眼也依稀仓促。也许不该苛求他们，和古代的工匠相比，今天的大学生们不可避免地少了一点点对诸天菩萨的虔诚和敬畏之心，更何况还有工期和学业的限制。

觉得玄中寺里的壁画不够过瘾，于是我便跑去朔州的崇福寺，2016年我看到的最棒的壁画就在这里。

金代的大殿采用减柱造，敞亮异常，两尊金刚分立左右，高大威猛，怒目眦张，叫人不敢直视；而当中的几位菩萨静雅温柔，与他们的目光触碰之后，所有的烦恼都在刹那间消弭。大殿左右和后方的壁画保存得比较完好，线条可辨，色泽光鲜。这是我第一次真正意义上见到的古代寺观壁画真迹。如果说崇福寺里的雕塑已经美到让人觉得希腊的古典雕塑也不过如此，那么四周的壁画则毫不费力地构建了一个"宁静与威严""神采飞扬与大爱无疆"完美结合的十方世界。

即便你不是一个佛教徒，也不妨碍你觉得他们随时会走下墙面来与你对话，而且一开口便是金光漫天、莲花满地。你会忍不住想亲抚菩萨的衣衫，在香云缭绕中

玄中寺壁画

与迦陵频伽（妙音鸟）奏出的梵音妙曲轻轻唱和。

其实在同一年，我在山西博物院里也看了不少壁画，都是精品，视觉效果也好，可以近距离观察，画面上每一处细节都足以令人沉醉。然而脱离了寺庙的环境，总觉得少了点什么。

我琢磨着，可能是仪式感缺失所致。博物馆里的壁画很容易让人只关注到其艺术特性，的确，它的美并不因此减少丝毫，然而气韵却弱了。离开了焚香顶礼，不见了戒坛宝座，那些神佛就像少了最后一口真气，便再也不肯从画中走到观者的身边了，因为此时的观者是在研究，而非敬奉。

当然，以上这些不过是我个人的臆想，也许纯属无稽之谈。

顺便说一下，2018年，我又去玄中寺找褐马鸡了。

这一次还没进庙门,就看到了一大群,它们就像在专门等我的到来,又像壁画上那些与时光相伴的神佛,静等我们四目相对时,给我以最长久的感动。

知识扩展

我们常说的"飞天"就是指神仙吗?

● 在中国的飞天多画在墓室壁画中,象征着墓室主人的灵魂能羽化升天。墓葬中和羽人一起出现的还有各类神仙。战国甚至更早期墓葬中就有升仙场景,东汉以后随着神仙思想和早期道教的传播更为流行。佛教传入中国后,与中国的道教交流融合。在佛教初传不久的魏晋南北朝时,曾经把壁画中的飞仙亦称为飞天,是飞天、飞仙不分。后业随着佛教在中国的深入发展,佛教的飞天、道教的飞仙在艺术形象上互相融合。敦煌飞天指的就是画在敦煌石窟中的飞神,后来成为中国独有的敦煌壁画艺术的一个专用名词。

07

神仙"嘉年华"
——永乐宫

我出生在长江下游的小县城,小时候能接触到的中国艺术,除了对联上的书法,也就是家中墙上挂的画了。

记忆里家中曾经挂过郑板桥的竹石,也挂过倪瓒的山水,当然,都是印刷品。我看着那些淡墨浓痕,觉得好无聊——郑板桥的竹子连叶子的位置都没长准,倪瓒的小亭子歪歪斜斜。好像还有马远的《踏歌图》,那个感觉稍微好一点,至少山是山、水是水,画中的小人儿也有些可爱,可以跟着他在画里神游一番。

后来我知道这些都是"文人画",从宋朝之后,中国画才慢慢变成这样的,以意境为上,并不讲究形似。文人们的画作,就是用来彰显一下情怀,自然是旷山远水方才匹配;色彩最好不要有,枯枯瘦瘦,浓浓淡淡,

◉ 山西省

墨分五色便够了，如此才能显得清心寡欲，远离尘世喧嚣；至于那些看上去拙劣如同出自稚童之手的笔法，其实需要高超的技艺。

令我自己也有些意外的是，随着年纪的增长，我竟也渐渐喜欢上了这样的画作。观画之时，仿佛自己也可以隐逸江湖、独钓寒秋。

然而，敦煌的壁画让我猛然间意识到，中国的绘画其实曾经有过完全不同的风格。在那里，色彩可以跃动，人性与神性在肃穆与荡漾之间交融，流水飞花、月游云散的大千世界，通通惟妙惟肖、栩栩如生，足以破壁而出，直叩心灵。

从那一刻开始，我才知道"文人画"对我而言，终究是少了对世间赤裸裸的如婴孩一般的爱。它承载了太多的内涵，反而永远失去了本真。倒是这些神佛之绘，它本就是要与人面对面的，去拷问、去慈悲、去恫吓、去给予希望，所以每一张面孔都是可以理解的，甚至是可以感触的。每一条飞扬的丝带都是来自天国的风，从冰冷的墙壁上带着和煦之意倾泻而下，让跪拜在此的人心头为之一暖。

后来和朋友在山西、河北一带自驾游，兴隆寺、华严寺、应县木塔和佛光寺里的壁画，都令我舍不得离开。游人很少，佛教的壁画大多面容宁静安详，你可以静静地站在大殿内与众佛、众菩萨的目光相对。在触碰的一瞬间,仿佛心灵即可与之相通,被那温和坚定的力量裹挟而去,忘却恒河沙一样多的世间烦愁。

又一次自驾去山西,我想看些不一样的,于是挑了"永乐宫"。

永乐宫 31 是座道观,道观里供奉的是神仙不

永乐宫建筑细节

是佛,位置在山西省芮城县,距离黄河边不算远。永乐宫兴建的时候南宋还在,建好了十年之后,元朝就土崩瓦解了。原址因为修建三门峡水库被淹,如今看到的,是整体搬迁到了 20 千米以外的"原件拼装"。如此大费周章易地重建,自然是因为永乐宫里有宝。

永乐宫有一座山门三座大殿,每一座大殿里都有精彩绝伦的壁画,其中最为世人所称道的是"三清殿"里的《朝元图》①。

---

① 另外两个殿里的壁画分别与王重阳和八仙有关。

永乐宫建筑细节

这是神仙世界的嘉年华——青龙、白虎开道，有南极仙翁和西王母等八个主神，四周有雷公、电母、各方星宿神及龙、蛇、猴等多位神君拥簇，还有随行侍奉的武将、力士、玉女等（整个画面中有近 300 位神仙），他们朝着同一个方向，形成了一道目光的洪流——去拜见神仙中的"超级大腕"元始天尊。

我站在殿内不说话，也说不出什么来，许是这股洪

07

流本身真的有一股吸引力吧,所有人的视线都跟着仪仗队在行进,你情不自禁就会全神贯注地试图从一张张面孔中探寻出神仙世界里的奥秘:有的五官精致,但面无表情;有的怒目眦张,让人心底生寒;有的嘴角微笑,如同春风却只面向天尊;有的高冷,仿佛对世人的愚蠢充满了鄙视……倒是那些神仙的侍从和灵兽珍禽们看上去很亲切,哪怕生得异相,甚至根本就非人形,却在眉眼处流露出飞扬的欣喜,有一种欢乐和自在感,与云同悠然,与风同舒畅。它们本非画中的主角,却因为这温暖可亲的人性而令人瞩目。

　　站在那里,只怕时间完全不够,不够你去细察那些让人叹为观止的细节。毕竟,一道飞动的衣带就足以在心弦上拨响一段令人陶醉的旋律——就像是冰雪初消后的某个上午,你被轻轻漫过沙滩的湖水所吸引,看那些曲线不停地变幻着,用一层层永不停歇的细浪,宣告着寒冷的桎梏已经彻底消散。在那一瞬间,燕子飞来,春花香满衣袖。所以,我只能将缩小版的画册带回家,选择一个阳光明媚的日子,在这神仙的世界里继续畅游,忘记时光。

三清殿

也许神仙本没有具象，也许道家的世界真的就该是文人画里的清淡模样，可是，这些画面诚如李白《梦游天姥吟留别》里写的："霓为衣兮风为马，云之君兮纷纷而来下。虎鼓瑟兮鸾回车，仙之人兮列如麻。"它并非梦境，而是端的呈现在面前，你才会恍然大悟——神仙其实就是人啊！

是人历经了无数的劫数，然后才能将世间万物的幻象看得分明；所谓精通法术，亦不过是已经通晓无常之后的随心所欲。人成了神之后，仍然不可弃的，便是对人世间的关注。神也好，仙也罢，皆是因为人而存在。

永乐宫外是古魏国的城池遗址。城墙已成夯土，松柏其上，荫荫然忽闻百鸟齐鸣。

08

罗汉满堂
—— 紫金庵

太湖洞庭东山的西卯坞里,藏着一座紫金庵[32],实乃宝地。

黄墙红槭,院内一丛牡丹,三百年来,岁岁姹紫嫣红,色耀堂前;堂后一株玉兰,皎白似月,展如笑靥,五百年间屡屡抚慰春风;另有八百年桂花一株,花开仲秋,令山外万顷太湖秋水含香。

我来此处游玩,进门逢雨,眼见着院内落红无数,千年的红山茶一时间艳光渐敛,叫人有些心疼。又见屋子里有人撑伞走出来,将落红一一收拢。正是春去时分,眼前一切,无情亦有情。

姑苏自古风雅,远离尘嚣的寺院更当不俗,除却这些静默且绚烂的花卉周而复始地讲述着轮回的故事,这

◉ 江苏省

罗汉满堂 —— 紫金庵

紫金庵

里还有一堂佛塑,自南宋至今,于无声中叙说着佛国的安宁,令世人知生晓死,不惑魂归之处。

都说"天下罗汉两堂半,紫金庵独占一堂"。数来数去,罗汉十六尊,罗汉上方的天神数量更多些。堂内光线昏暗,但这些天神的眼神清晰可见,身上衣褶似动,手中罗帕欲飞,皆是御风而来。下方坐在那里的罗汉们,并无一个是正襟危坐,面容亦藏不住内心,个个都是"戏精"。端详久了,不禁诱人扑哧一笑——原来修成了阿罗汉果也不足以真的心无旁骛。不能怪他们,堂前牡丹真的太过妖娆。

这些塑像都是南宋雕塑家雷潮夫妇的杰作。降龙、伏虎罗汉在不少地方都是力拔山河的模样,这里的二位罗汉皆是一脸的淡然,任由其他罗汉在一旁对其神通羡慕或是不服,只求自己与猫一样的虎或蛇一般的龙,尽享逗耍之乐。

堂内正中巍坐的是释迦牟尼佛、东方药师佛和西方阿弥陀佛,三尊佛像那佛发上的青色都好生漂亮,落灰厚重并不能令其失色。三佛背后是一尊海岛观音立像,无须多言其美,站在这尊观音面前,堂外的滂沱雨声尽从耳边顿失。

紫金庵里的这些好东西,能在太湖边保存完整近千年,实乃家国之幸。早些年看到欧洲的大理石人物塑像,再对比国内不少地方见到的，觉得差别太大，以为是中国古人不擅塑像，对具象艺术的发展兴趣惘然；后来走的地方多了，才知道一是书刊不足以带来现场直视的震撼效果；二是中国的很多好东西自己先前并没见着。行万里路，始知无论去向哪里，路就在脚下。

  太湖边这场突如其来的大雨，在我告别紫金庵的时候渐渐停了下来。门前的两座石狮子身上的苔藓，眼见着又厚了几分。

罗汉与天神

海岛观音

知识扩展

寺、庙、祠、庵、观如何区别？

● 寺，原本是政府机构，如鸿胪寺（主掌外宾、朝会礼节）、大理寺（主掌刑狱）等。随着佛教在中国的盛行，寺逐渐成为佛教建筑的代名词。

● 庙，在古代本是供祀祖宗的地方，叫作宗庙，如皇家的太庙、孔子的夫子庙（孔庙）等。后又与原始的神社结合，供奉本土的神明，如土地庙、城隍庙、关帝庙等。

● 祠，指代供奉祖先的地方，在汉代就已经有了"祠堂"一词，后来，祠堂也纪念伟人名士。

● 庵，第一种解释，"结草为庵"之说，指的是草屋，古代修行之人居住的地方，后用来形容小庙，一般没有大雄宝殿；第二种解释，特指女性修行者的尼姑庵。

● 观，最初的意思是"观望"，后来道教取"观星望月"之意，观逐渐成为道教建筑的专称。

心灵净土：
寺庙宫祠间时空流转

四川省　山西省　河北省　河南省

01

尘世之外的美
——隆兴寺

江南多雨，木构的房屋很少能历时千年不腐；北方则不同，干燥的自然环境让华北地区保存了不少唐宋以来的古建筑。那些历经战乱、地震甚至火灾的古建筑群，现如今几乎都是全国重点文物保护单位，不敢说它们都得到了精心呵护，但妥善保存总是没问题的。

2012年夏天，我在山西、河北两省兜了一大圈，造访了不少古建筑，印象最为深刻的首推河北隆兴寺33。原因有二，隆兴寺自身精彩绝伦是主因，次因是当时我刚离开山西大同，为了去东边的河北，得先往北走一小段。

这一段路属于内蒙古境内的乌兰察布草原，夏日里美得让人陶醉，就连天空中的阴云和淅淅沥沥的小雨也不会让人觉得厌烦；那些五颜六色的花儿，它们全都是

⊙　河北省

摩尼殿及抱厦北面

摩尼殿及抱厦南面

在大草原起伏的胸怀前不停撒娇的宠儿,眉眼流动不歇。路尽头的山是个火山锥,像极了赵孟頫《鹊华秋色图》里的华不注山。我是上小学的时候第一次看到《鹊华秋色图》的,那时我疑心这幅画是画家臆想出来的场景,因为画中的两座山,一座尖锥,一座圆平顶,相貌端正到近乎"怪异",和我在故乡以及电视上见到的绵延起伏的山峦丝毫没有相同之处。后来长大了,天南地北跑得多了,这才晓得那鹊山和华不注山就在济南郊外不远,不免惭愧,也越发明白"读万卷书不如行万里路"的真谛。

从乌兰察布向东南行进不远,就到了河北境内。就这样,上午还在风雨中的草原上纵情放歌的我,下午却在隆兴寺的宽檐阔殿中不敢高声语,怕唐突了眼前这万千神佛。

位于河北省清河县的隆兴寺始建于隋朝,之后历代都有修缮和建设。眼前的摩尼殿,落落大方中含着一丝柔美,堪当"典雅"二字,必是宋代建筑无疑。我曾在梁思成的《历代木构殿堂外观演变图》一书中见过此殿的图稿,如今忽然站在实物面前,那些"歇山、抱厦、斗拱……",全都回忆起来了,鲜活得让我快要落泪。我尚且如此,当年梁先生初见此殿的时候,只怕早已是喜极无声了吧!

中国的古建筑采光通常都不太好，摩尼殿也不例外，除了四面的大门，仅有拱眼壁略通光线。通常这并非优点，然而也正是因为如此，殿内的壁画才没有因为阳光的炙烤而褪色——绘者心满意足地勾勒出佛国的三千世界，而时间，则定格在大乐天衣带飘飞的那一瞬间。

一方面，壁画精美异常，让人不禁有跪拜的冲动，臣服其技艺之神妙；另一方面，这壁画的规模委实惊人，不仅四壁环绕，而且上接横梁，下连基石，叫我恨不得自己身高堪比姚明，再跳起来，好将高处也一览究竟。大殿内槽东西两扇墙的外壁，分别绘有西方极乐世界和东方药师琉璃净土；环殿的墙壁画的是释迦牟尼的生平故事；四面抱厦画的是二十四尊天。这些尊天神态各异，鬼子母的慈爱、金刚的咄咄逼人、日宫尊天的稳健、功德尊天的雍容等，皆妙不可言。

看门的大爷见我着实喜欢，默默地将所有的大门都打开，殿内的光线一下子好了不少，我也无以为报，唯有学那五彩悬塑的自在观音，微微一笑。

这观音既不迎门而立，亦非端坐莲台，就连手上常见的净瓶、杨柳也都一概全无。他宝冠微斜，略略侧身，着朱衣，挽青纱，左脚踩着一朵地涌莲花，右腿架在左腿上，双臂环着右膝，居中坐在祥云萦绕、清泉喷涌的重峦叠嶂之中。菩萨指若兰花，面容秀丽，色如皎月，

自在观音

凤眼微睁，目光娴静悠远。果真如鲁迅所言，此菩萨是"神有人格"，实乃天下第一美观音！

隆兴寺院落重叠，林木葳蕤，寺内国宝众多，除去建筑本身多为宋代遗留孤例之外，天王殿里的金代木雕弥勒佛、戒坛里的铜铸双面佛坐像、慈氏阁里两层楼高的弥勒佛立像、转轮藏阁里的宋代硕大无比的转经轮、大悲阁里世界上最大的古代铜铸千手观音等，无一不令人瞠目结舌，让人大为倾倒。

徜徉其中，眼前有绿树繁花、流水亭台，耳畔似有佛号隐约，竟叫人在一瞬间，忘却了身外的世界。

知识扩展

什么是"抱厦"？

● 抱厦，建筑术语，清以前叫"龟头屋"，是指在原建筑之前或之后接建出来的小房子。在主建筑之一侧突出1间（或3间），由两个歇山顶（宋时称九脊殿）丁字相交，插入部分叫抱厦。十字相交的叫十字脊，如隆兴寺的摩尼殿。

02

别样"大观园"
—— 晋祠

人说山西好风光，确实。东南有太行，西北有吕梁，太原府更是自古繁华，烟柳色也不知道醺醉了多少人的羁旅。不过最神奇的还是晋祠，小时候在课本上学过，读的时候觉得那地儿简直四处冒仙气，心想什么时候能去看看。

终于来了，还恰巧住在晋祠34旁边。顺着小路走过去，清风上下，花落左右，晋祠外围的景致虽不及江南醉心，然而远山近水，亭台戊林，倒也如北国美人，疏朗大方。

介绍上说晋祠是中国最早的皇家园林，我愣了一下没明白——晋祠究竟算哪门子皇家？

因为这个"晋"，并不是司马家族先承袭曹魏、后

⊙ 山西省

占有孙吴疆域建立的那个晋朝。这个"晋",是西周周成王的胞弟姬虞的封地,后来由虞的儿子燮定的国号。"晋"源于修建晋祠的悬瓮山乃晋水源头,由于晋祠是纪念姬虞和他母亲邑姜(就是姜太公姜子牙的女儿,周武王的妻子)的,算是晋国的宗祠。若按照中国古代中央集权的大一统思想,晋祠当真算不得"皇家"。

不过或许是晋祠所在之处真的有仙气护佑,此后历朝历代都对晋祠保护修缮不断,民间敬奉也不曾停止,所以是不是皇家不重要,在不在人心里才是关键。

我去山西,就是冲着古建筑去的,晋祠简直就是中国古代建筑的"大观园"。

圣母殿是宋代杰作。里面的侍女像温婉可人、神态各异,又自带有沉静之美,虽然都是木雕泥塑,却好似

圣母殿内仕女像

原本都是鲜活的人儿，被定身法定住一般。也好，在最美的年华里保持永恒，这是多么让人庆幸的事情。

相比而言，回廊上两尊巨大的塑像看上去就很缺乏美感，我本以为是哼哈二将，然而并不是。这

圣母殿前的门神

二人神情严肃、孔武有力，虽然相貌粗蠢，实则莽中带威、凶中有善。传说他们是方弼和方相，本是兄弟，先在商纣王麾下做将军，后来投奔了周武王，护佑邑姜，死后在封神榜上一个做了显道神，一个做了开路神。后来北方很多地区干脆就让这哥俩做了门神，在圣母殿前当差可谓名正言顺。

屋檐下还有不少壁画，虽然岁月已经让其色彩不再光鲜，但那些笔触之下的衣袂飞舞之势，颇有顾恺之的神妙。几根盘龙柱很是吸引人，那些龙瘦瘦的，却神采奕奕，就像宋徽宗创造的瘦金体，铁画银钩，充满了力量。

晋祠里还有金代的献殿和明朝的戏台。随着时间的推移，中

戏台

国古代建筑风格中宋朝的那种飘逸渐行渐远,繁丽的细节越演越盛,究其原因,当然有很多种说法。我个人始终认为宋之审美乃皇家气度,之后则多源自民间巨贾或外族的偏好,气度终究是有些差别。

唐宋之建筑美在其本身,装饰不多,并无太多的"内涵",而往后的建筑则在细枝末节上做足了功夫,甚至每个窗户上的花纹都寓意满满,一栋建筑,活生生地被折腾成了一本令人叹为观止的礼教经书。少时也曾惊叹于那些雕梁画栋的表现力,如今,我却还是更爱先前的质朴。

晋祠里有一块御碑,碑文出自李世民,文章大意是

"颂周、赞晋祠、骂隋、意在大唐永固"。李世民乃一代帝王,字写得也颇有气度,据说他深得王羲之书法妙义,看来此言不虚。想来也是缘分,若不是遇到一场雨,未必会将碑文细细研读。江山如画何曾变,王朝兴衰却难言。不过这碑石能留至千年,大体说明历代君王至少也是有心向善的吧。

圣母殿前的鱼沼飞梁在古建筑史上评价很高,现场看却令人有一丝丝失望——水池上方一个拱起来的十字桥而已,与原本期待的轻盈的水上飞虹完全不是一个概念。倒是晋祠旁边有一座高塔看上去颇有威风,引人瞩目。

塔在奉圣寺中,奉圣寺全名十方奉圣禅寺,本是尉迟敬的别墅。那塔最早建于隋朝,传说埋有佛祖舍利一颗。清代乾隆年间重建,发现舍利竟然有好多颗,于是命名为"舍利生生塔",想来是取"舍利生生不息"之意。八角七层的高塔,每一层都是琉璃檐,颇有皇家气派。风来,檐下铜铃响声急作,夏日里竟然如闻秋寒起、猎场马嘶声声……

盘龙柱

我将晋祠里里外外逛了个遍,越发觉着这地方实在是好。

03

女性的光芒
——临水宫与爱荆庄

福建是个宗教信仰非常多元化的地方，受到膜拜的地方神明数量众多。这些神明很多被一股脑归入道家，他们原本大多是人，因为某种大善行惠及乡邻，经地方官员上表，被历代人间帝王加封直至封了神，流传也随之越发广泛。

直至今日，重男轻女的思想在福建部分地区依然存在。有意思的是，福建又是女神崇拜非常突出的地区，这背后也许是某种反抗，又或者是某种精妙的平衡。

福建最出名的女神当首推湄洲岛上的妈祖。妈祖信仰是被联合国教科文组织正式列入人类非物质文化遗产的，也是中国首个信俗类世界遗产。我在日本和东南亚旅游的时候，也时常能看到妈祖庙，听说在法国也有，

◉ 福建省

应该也是华人带过去的。妈祖的封号经历了宋、元、明、清四个朝代,从"夫人""妃""天妃"直至"天后""圣母",

临水宫

最终列入清代的国家祭典,无疑是最出名的"海上女神"。

相对应的,福建还有一位"陆上女神"——陈靖姑。相传她学有法术,为了救百姓,不惜在孕期动法,最后不幸去世。后面的故事就和妈祖类似了。陈靖姑渐渐成为保佑生育和小朋友的女神。在中国家庭里,育儿历来是头等大事,陈靖姑当然拥趸者众,福建古田县的临水宫 35,便是用来祭祀陈靖姑。临水宫乍一看很朴素,青瓦而已,然而宫墙侧面是红白二色,映着背后葱翠的竹林,让人心生喜爱。

临水宫里的建筑细节非常漂亮,因为是敕建,自然不惜工本,雕梁画栋和炫目繁复的藻井不足为奇。这里的戏台尤其出众,木雕花篮的飘穗是可以活动的,风从天井中下来,轻拂其上,摇摆之间,

花篮状的垂花柱

藻井顶端的垂花

恍惚能催人进入梦幻，与戏台背后走出的散花天女一同歌舞。众多藻井中央不是庙宇中惯见的龙凤，而是一朵朵倒垂的花朵，莲花、芙蓉、牡丹或者其他，雕工精细，仿佛是大自然里的真花儿在头顶绽放着，人站在底下便能够沐浴在花香里。

整个临水宫处处可见女性气质的细节，而这种女性气质并非凤凰作为指代的那种"王气"或者"霸气"，而是凡间可亲的女子。你看那些花鸟，静静地开，默默地站在飞檐尽头的卷草之上，一点儿也不张扬，平静得就好像在这里自然生长和歇息一般；而那些卷草本身则不然，它们远比闽南建筑中类似的构建要复杂，像天神的飘带遇着大风，似乎要随时离了屋檐飞出去，并不甘心静守于此。也许这倒符合陈靖姑的性情，她总是主动护佑四方，只待在这座宫殿里接受香火肯定不符合她的心意。

来临水宫进香的人络绎不绝，但是临水宫作为砖木构件的国宝级古建筑，香火所带来的隐患也令人担忧，所以政府出资在附近建了一个新临水宫，旧的临水宫则成为单纯的文物保护单位，且正在修缮中。我也是机缘巧合推门而入，才见

卷草上立着一只雀鸟

到了那么让人目眩和出神的美,只可惜还来不及细细品味,就被"劝"了出来。

离开临水宫,往北没多远的车程,路边望见一处古堡式的大围屋。我用手里的望远镜看了一下,门匾上写着"爱荆庄36"。古堡的外立面刚刚修缮完毕,黄石堆成的墙裙上,白色的墙体宛如幕布,屋檐下的大红灯笼在晚风中摇晃,像是两张红彤彤的欢乐笑脸。

我很好奇,为什么主人家会爱"荆棘"?是强调人生艰难,需披荆斩棘才能持家恒久,所以用它来警示子孙吗?好奇心让我为这次偶遇停车驻足。走进去一看,门厅里就挂着介绍,原来这是"拙荆"(旧时丈夫对妻子的谦称)的"荆",说白了,"爱荆"就是"爱老婆"的意思。我惊讶得下巴都要掉了,在福建宗族传统文化如此厚重的地区,公开喊出这样的口号,还放在大门匾上,给大屋命名,这太不可思议了——主人家需要的可能不仅仅是打破男尊女卑观念的勇气。

据说妻子在这户人家地位很高,可能一是因为她用嫁妆作为第一桶金,支持丈夫发财致富;二是夫妻合力经营且教子有方,儿孙也都很有出息。然而难能可贵的是,这户人家不仅仅是对女主人尊崇,而是对家族所有女性都给予了高度的支持和认可,女儿和儿媳们都享受和男性后代们一样的教育,并且演绎出了"女绅"文化,对周边邻里也影响颇大。"谁说女子不如男?"豫剧《花木兰》里的这句唱词曾被常香玉传唱中国,我曾以为那只是偶然的例外,如今看来,其实是主流的文化叙事里,这些杰出女性被忽视了,或者是她们的事迹被纳入简单的相夫教子等妇德里被消解掉了。就像福建省连城县培田村的"可谈风月"和专辟"容膝居"作为本族妇女学习文化、女红、礼仪的场所,以及安徽省歙县(古徽州)棠樾村女性专用的祠堂"清懿堂"等,都反映了对女性的重视。

不可否认,很长一段时间内女性地位比男性低,但自古中国人出于对孝道的重视,使得女性作为母亲的身份会得到很高的尊重。同时,古时候男性父子之间类似君臣的疏离感,也让子女和母亲之间的关系要远比和父亲亲密,你看贾宝玉见他爹时的窝囊样子就知道了。但是父亲对子女,尤其儿子,"成材"的期待是迫切且真实的,所以女性尽管和夫君相比通常地位偏低,但是作为母亲的身份,因为

爱荆庄

爱荆庄内的祠堂上，先祖夫妻像同挂，同区域大多只挂男性先祖像

掌握了对后代的巨大影响力，其地位又获得了一定程度的提升。

很多时候，身为女性才能发挥出的力量是不可估量的，你看，观音菩萨到了中国不也变成女性的模样了吗？在广为流传的讲述观音出家经历的《香山宝卷》里，观音从一开始就是个有慈悲心且意志坚定的女性。妈祖、陈靖姑在某种意义上也都是这样的人，她们在男权社会里，能成为让男性顶礼膜拜的神灵，是因为女性自觉意识彰显后，其巨大的人格魅力令男性打心眼里佩服。另一方面，在一个很难意识到平等重要性的年代，这些庙堂里的女神和家里的"女神"们，她们是伟大的，是更多女性的心灵甚至肉体上的保护者。

我爱看古建筑，但看的往往不仅仅是建筑。

04

柏林深处藏宝刹
——广善寺

柏林古镇，曾是古蜀道"米仓道"的重要分支"利阆故道（广元—阆中）"上首屈一指的驿站，是山水之路的交会处，因驿道两边柏木森森得名。从水边的码头算起，两百米长的小街依山而建，渐次抬升。这一头是驿站、官衙、商铺、饭馆，甚至还有红红的大花轿，红尘俗世的喧嚣与哗啦啦的河水一般，永无停歇；尽头则是门前院内皆有古柏挺立的千年古寺，一脚迈入其中，便是方外之地，修身养性，不敢高声语。如此极端的反差充满了戏剧性，仿佛人可以在这短短的两百米之内走完一生的悲喜，最终大彻大悟。

我觉得柏林古镇是来了不会后悔的地方。我见过的小镇多得数不清，也只有这里让我有了愿意穿越到古

◉ 四川省

广善寺

代,过上一段"之乎者也"生活的念头。我喜欢柏林古镇,多半也是因为这里的寺庙——广善寺37,它甚至可算是我环绕四川盆地旅行中的一个惊喜。广善寺始建于东汉,门前古柏与之相伴了1800余年,见证了它数度"涅槃重生"。四川遂宁的广德寺,规模浩大,史上被敕封多次,名声显赫,但依然奉广善寺为主庭。柏林镇上这间看上去不起眼的寺庙,分量有多重,可想而知——这是中国腹地仅次于洛阳白马寺的第二批寺庙之一,由印度高僧竺法兰、迦叶摩腾建立。

如今广善寺里的建筑都是20世纪初重修的,在近代中国非常穷困的年代,大殿内柱子上的盘龙依然被雕塑到如此活灵活现的程度,真的让人不得不感慨万千。而最有趣的是,你会发现这看起来意欲飞升的盘龙,竟然正在挨哪吒的暴揍。怪不得是一副趾高气昂又似乎不得不低头屈服的表情。

大殿内的盘龙柱

37

柏林深处藏宝刹——广善寺

04

老尼养的多肉植物

广善寺内的老尼养了很多多肉植物，庭院就像小型的展览会一般。这些多肉植物都被老尼像宝贝似的呵护着，在专门的花架子上归置整齐，我们一一细看，与此同时，阳光在庭院里制造出一阵阵让人发困的暖意，然而我们不可能酣眠，因为里里外外走了两圈，我们遍寻不着这寺庙里的一件宝贝——九龙碑。

啊，终于找到了，被锁在屋子里！于是趴门缝上看。依稀看得一方碑，描着彩绘，不大，最多一米高。看是看到了，却谈不上过瘾。老尼走过来，也不说诂，冲我们指了指花架子，一看，钥匙挂在那！于是开门见宝，汉白玉的石碑上刻着"皇帝万岁万万岁"几个字，

九龙碑

四周九龙穿云驾雾，口衔宝珠，果然是个好东西。

广善寺里的佛号传承了千余年，柏林古镇中间的魁星楼也高耸了数百年。魁星楼上下三层，底层跨着街道便于日常通行；中层可用于议事或祭祀，墙板上清代的

福禄寿喜壁画依稀可见，更多的时候这里是戏台，毕竟这才是人民群众最喜闻乐见的；上层有魁星，也可供瞭望火情。从佛堂到这里，百多米的距离，已然两个世界。

我们摇摇晃晃地走上了连接码头与对岸山林的吊桥，我们没有喝酒，可晃晃悠悠的，又被河谷上的暖风撩着，竟然都有点醉醺醺的感觉。

普通鵟和雀鹰在山林上空盘旋，普通鸬鹚贴着水面飞过，吓得小鹭鸶哧溜钻进了水里。山林里传来黄腹山雀碎碎念的吵闹声，也有四川山鹧鸪吹哨一般的长鸣。最令人意外的是当我们向柏林古镇挥手告别的时候，天空中忽然出现了一只盘旋的黑鹳。千沟万壑的山谷里，水流奔腾，能看到这种大型的珍稀涉禽实属意外。也许河流边适合停歇的浅滩只有在高空之中才能够被观察到吧。我忽然想，那些曾在古蜀道上行走过的先辈们，是否

也曾见过它们？翻山越岭的我们，遇到了万水千山只等闲的鸟儿——这很有意思，不是吗？

05

天南地北的装修风
——关帝庙

福建泉州的关帝庙是我见过的第一座关帝庙。当时我就震惊了——在我老家，这些东西已荡然无存；而与中土隔着万千重大山的东南沿海，就在泉州这座千年古城的市中心，关老爷却一直优哉游哉地端坐在殿堂之上，他看着天井里明亮的阳光勾勒出袅袅香火的蓝色曲线在梁间缠绕，又见那描金的狮子和大象戏之不得，气得龇牙咧嘴，熏得和自己的脸一样黑红黑红的，忍不住嘴角露出浅浅且得意的笑。

福建省漳州市东山县的关帝庙38是我到过的第二座关帝庙，它建在滨海的一大片花岗岩上，山门也是花岗岩质地，斗拱繁复，如海面上层叠翻涌的积雨云，仿佛具有召唤风暴的神力。漳州关帝庙里最有意思的，是那

⊙ 福建省 广东省

东山关帝庙门楼　　　　　（摄影：黄云峰）

些蹲在殿梁上日夜陪关老爷聊天解闷的动物伙伴们——传统的狮子大象是少不了的，还多了好多的虾兵蟹将和鱼怪蚌精。日日吹着海风、看着海浪、听着潮声的关老爷果然很懂得走群众路线，怪不得拥趸者众。

被誉为"关庙之祖""武庙之冠"的山西省运城市解（hài）州关帝庙，建筑面积有22万平方米，规模宏大。我没去过，不过在网络时代，各种影像资料总看过——单是琉璃山门就足够让人眼花缭乱，还有"前朝后寝"中轴对称的宫殿式的布局，以及比比皆是的皇家御赐之物、御书匾额等。只是这些怎么看都有些过于严肃，反倒不如东

东山关帝庙内充满海洋元素的木雕
（摄影：黄云峰）

南沿海的这些小庙里有一种令人欢欣的生机。当然,也许等我真的去了解解州关帝庙之后就不这么认为了。

相比之下,广东揭阳的关帝庙[39]规模就太小太小了,只有戏台、前殿、拜亭和正殿。如今既没有什么香火,四周也毫无风光可言,如陷入高楼中的沉底之鱼,门前的戏楼与主庙还被马路一分为二,到处车水马龙,殿内的关老爷想听清楚戏文究竟在唱什么,大概只能戴上无线耳机。

能让我驻足不舍离去的,是这里的木雕——明清时代,闽南地区庙宇里的雕刻已然精美,但实话实说,和揭阳所在的潮汕地区相比,还是略逊一筹。

闽南木刻输在刀法吗?不,去看闽南的石雕就知道了,透雕、圆雕、高浮雕的技艺相当成熟,木雕、石雕虽然有别,但可以说技艺相通,而且木头总比石头容易雕成形。

那是输在资金上?不,彼时的闽南虽然无显赫全国的商贾巨富,但心头炫富的炽焰从未熄灭过,敬神敬祖的虔诚也不容怀疑。

在见到揭阳关帝庙的瞬间我明白了——原来是输在了想象力上。

这里既能找到富含吉祥寓意的传统图案,又处处可见别具一格的形象,这些形象与你的印象总有那么一点

揭阳关帝庙

点不一致,又不至于唐突到全然不知那究竟是什么。没有一种生物在这里是沉静的,它们全都富有生命力——那些飞云因它们而流动,那些浪花也因它们而翻涌,就连那些卷草,一旦离开了它们,也立刻就要枯萎的。

不仅仅是具象的动物、植物、神怪,就连木头叠搭出来的藻井也是充满生命力的。疏朗的间构和骤然收缩的节奏,令你在一抬头的瞬间,会心头一惊,犹如灵魂被吸上穹顶。在那里等着你的,是中国人最古老的智慧——太极八卦。面对这座广东罕见的庙宇藻井,潮汕的能工巧匠们不可能不下手动刀子——你甚至能在上面看完一部缩略版的三国演义。

这些木雕大多呈现出木头的原色,时光褪去了它们身上的彩妆,然而比起正殿里保存下来的描红涂金,前殿本色的木雕与一身金装的门神形成了强烈的色彩反差,

揭阳关帝庙藻井

恰恰是一种很高级的审美情趣。实乃无心插柳也!

值得一提的是这些木雕并非传统的左右对称,而是保持结构对称的同时,在装饰细节上"百花齐放"。有人说这是匠人们"戴着镣铐跳舞",我不认同。对称结构之于中国建筑文化的意义不言而喻,也具有重要的美学价值,是需要被继承的。揭阳木雕师傅们的创作,是传承与创新的和谐之果,是对前人的尊重与自身智慧的展现。某种程度上,我觉得这恰恰是揭阳关帝庙木雕最重要的、深层次的价值表现。

有趣的是,与揭阳关帝庙透着寂寞的精美相比,揭阳的城隍庙要宏伟得多,香火也很旺,里面除了城

揭阳关帝庙木雕

隍老爷和夫人，还有不少其他的神仙一并受着祭拜。我不太清楚为何关老爷在揭阳会受到"冷落"？也许并不是揭阳人冷落关老爷，是闽南人太爱他罢了。

知识扩展

揭阳木雕有什么特点？

● 揭阳木雕，是潮州金漆木雕派系，属于"中国四大木雕"之一。作品线条流畅、刻画细致、形象饱满，显示出秀美玲珑的南方风格。传统的揭阳木雕，以樟木为材料，到了近代，开始使用楠木和红木作为原材料。雕刻工艺一般有几道工序：打粗坯、细雕、修整，最后是砂光，用细砂纸顺木纹打磨，提高形象表面的光泽度。揭阳木雕一开始大量地应用在建筑装饰上，到了明朝开始过渡到家具、摆设的制作。

06

近观佛,远看山
——悬空寺与恒山

我去过珠峰,上过天山,到过昆仑,还有梅里、贡嘎等一众雪山,就是没好好爬过五岳。

中岳嵩山应该不错。我是去了嵩山下的嵩阳书院的,那可真是一个好地方,是雄山环抱的清雅之所。访古塔、寻老松、读残碑,徜徉其中,皆是自在。可惜我也没去爬嵩山,原因是当时我不知道登山的路究竟在哪,时间也有限,只得匆匆别过。

我倒是真的准备爬爬北岳恒山的。先前看资料说恒山山势奇峻,云雾很壮观,何况还有悬空寺[40]。可谁能想到,都到悬空寺门口了,我才发现,悬空寺悬空的高度似乎并不高——原来,之前看到的各种资料中,画面上都运用了"镜头语言"。

⊙ 山西省

悬空寺

40

近观佛，远看山 —— 悬空寺与恒山

不过历史上悬空寺与地面的落差确实近90米，只是后来河道淤塞，河床不断抬升，导致现在的落差目测也就50米不到。悬空寺所在的崖壁异常巨大，一对比，这点高度就更没什么惊悚感了。

临空而立，护栏很矮，木板吱吱呀呀，胆小的人时常惊叫不已，我走上蹿下的，倒是没什么感觉，只觉得寺殿里的各种塑像煞是好看。

我第一眼看到大殿里的观音时，就觉得门票钱花得值。尽管后来我在全国各地见过很多很美的观音塑像，悬空寺的观音依然让我难以忘怀。也许是因为狭窄的空间逼迫得我与菩萨不得不以一种异常近的距离直面彼此；也许是因为那日我被人流拥挤得心烦，忽然进了幽暗的殿内，感受到了前所未有的宁静；也许是因为除了菩萨的面容之外，壁龛上乍看满眼繁华，细看疮痍满目，不忍直视，让人心慌得目光不知道究竟该停在何处。我固执地拒绝给身后的人让位，怔在原地——一身金妆的菩萨面容丰润，非慈非怨，眉眼之间略有诧异却又似乎在瞬间隐于平静。阳光晒在我的背上，风吹着我的后脑勺，一道暖意接着一阵寒凉。

观音殿内景

悬空寺是"儒释道"交汇之所。恒山脚下的浑源县，在历史上也是中原农耕文化与草原文化的交汇之地——浑源县城内的老街是有檐廊的，类似南方的骑楼，显然是为了便利贸易留下的传统。在老街就能看到城外的恒山[41]，高耸如屏。

恒山是海河支流桑干河与滹沱河的分水岭。受造山运动和河流下切的双重影响，两侧河谷在漫长的地质岁月中渐渐下沉，恒山被挤压抬升，然后剥落成阶梯状的断层山。但是恒山真的谈不上有什么风光。

植被太少是关键。放眼望去，古松很少，有些虽然还挺立着，却已经死了。大多是新种植的柏树，直愣愣的，东一块西一块，各自为阵。恒山的崖壁如同一张张面孔，古松本是帅气的头发，就算在风中有些凌乱，也会有意气风发的率真；而现在，看上去就像是癞痢头。偌大的恒山主峰，只能靠几处硕大的摩崖石刻和几栋红墙碧瓦的庙宇撑撑门面，这是我们不曾想到的。

也许正因为世上难以预料的事情太多，才有了那句"不以物喜，不以己悲"。其实，欣赏恒山最美的地方并不在恒山中，而是在浑源县的神溪湿地。这是一片拥有丰富的地下水资源、面积约有杭州西湖一半大小的湖泊湿地。距离让那些粗糙的细节都隐匿不见，恒山，只剩下浑雄的山体倒映在平静的湖面上，要一直等到秋风从

恒山

大漠吹来时，大天鹅才会飞过来，将眼前虚幻的倒影踏碎。恒山曾是中原王朝的北疆，雁门关就在恒山里。

自古被视作武士象征的雉鸡，就在那里，在雁门关的夕阳里，一次又一次地，发出摄人心魂的大声啼叫。

恒山上的摩崖石刻

41

心灵净土：寺庙宫祠间时空流转

知识扩展

悬空寺为何千年不倒？

● 据说在悬空寺建成时，其实是没有底下的木桩的，只是人们看见悬空寺似乎没有任何支撑，害怕走上去寺会掉下来，为了让人们放心，于是在寺底下安置了些木柱，所以有人用"悬空寺，半天高，三根马尾空中吊"来形容悬空寺。

● 悬空寺千年不倒的秘密在于，其真正的重心撑在坚硬岩石里，岩石凿成了形似直角梯形的样子，然后插入飞梁，使其与直角梯形锐角部分充分接近，利用力学原理半插飞梁为基。此外，悬空寺飞梁所用的木料是当地的特产铁杉木，据说用桐油浸过，有防腐作用。所以，悬空寺才能历千年不倒，成为世界一大建筑奇迹。

07

祈愿黄河畔
—— 千佛阁与青龙宫

　　武陟（zhì）县隶属河南省焦作市，与郑州隔着黄河相望，乘坐城际列车也就二十分钟的距离。武陟县境内有好几处值得一观的古建筑，我借着出差郑州的机会，早早地起床赶了过去。

　　千佛阁[42]始建于明代，据说阁内曾经佛像甚多，楼上还有一尊千手千眼佛，故称千佛阁。清代咸丰六年（1856年）千佛阁重修，高大庄严，绿色琉璃瓦覆顶，七架梁结构，上层面阔和进深均为三间，底层是五间，阁顶内部绘阴阳五行八卦太极图、天干地支等，是明清时期释道合一的反映。也许在久经悲怆的时人心中，究竟是哪一路神仙已经不再重要，只要能护佑黎民就好。

　　才八点多一点，千佛阁里已有不少当地老人家在跪

⊙　河南省

拜。上阁楼的楼梯很陡，我小心翼翼地爬了上去，跟千手千眼佛像打完招呼后，迎着阳光走到二层回廊

千佛阁内部的梁架与斗拱

千佛阁

里，对着檐下硕大的榫卯结构端详良久，顺便也将身子骨晒得有了暖意。等我再回到阁楼中，这才留意到有一根大梁是弯曲的，想起一楼的好几根檐柱亦是如此，看来当时已经很难找得到笔直的大材料了。

阁楼的脊檩下，"大明嘉靖三十六年岁次丁巳中秋吉旦郑府谨书上梁之后吉祥如意"的题记，虽是楷体，却隐约透着古隶的韵味，那是明太祖九世孙朱载堉的遗存墨宝。朱载堉本是明代郑藩王的世子，最后却拒绝继承藩王之位，以一代音律学家和历算家的身份载入史册。只可惜，他的十二平均律对西方音乐产生了巨大的影响，却只能在中国的故纸堆里默默无迹。

千佛阁建筑群其实有三栋主体建筑，分别是千佛阁、中佛殿和山门，有意思的是这三栋建筑不同于常见的布

局,并不在一条中轴线上,俗称"三不照"。这里的照是指"照面"。为何要如此?其实看看千佛阁前的对联就明白了:"三阁不照因地制宜化圣灵,二教有异殊途同归济众生"——毕竟佛道有别,各派神明被当地人请来住在一个大院里也是没办法的事,彼此还是保有一点"隐私"比较好。

武陟县城北侧有个名为"万花村"的地方,那里也是全国重点文物保护单位(简称"国保单位")"青龙宫[43]"所在地。

青龙宫不仅是国保单位,还是河南省非物质文化遗产"祈雨习俗"的一部分。祈雨的需求源自此地十年九旱且持续多次,所以青龙宫虽然建于明代永乐年间,但直到晚清的光绪年间,都一直有增修,也是地方官员参与祈雨仪式的工作及休息场所。

这是一个非常"有趣"的古建筑群,最主要的看点是坐南面北的单檐歇山顶戏楼。戏楼的装饰历来比较随心所欲,但是能到青龙宫戏楼这个程度的可谓是别出心裁。

大梁出头刻着龙首,楼下山墙镶有形态各异的麒麟、云鹤砖雕;楼下正中为青龙宫大门,与戏楼相背;门前建有门罩,卧枋和垂帘吊挂上,双龙、五龙腾云、八仙庆寿、十八罗汉、凤凰、牡丹等图案精雕彩绘,并不出寻常范畴。可等你转到东西两侧再看时，下巴被惊掉那都不算事儿——这里雕绘的动物，有低身伺机蓄势待发的猞猁，有正在捕食中舌头吐得长长的变色龙，有面貌狡诈的狐狸，也有树枝上挂着的长臂猿和正在吃竹子的大熊猫，再细看，竟然还有剑龙、大鲵以及类似蓝旗剑鱼（也可能是鳇鱼）的形象。一时间，我竟然有点分不清岁月年代，继而大笑不止，欢乐之极。这些木雕究竟是出自清末已经开了眼界的匠人之手，还是源自近现代

门罩正面的雕刻题材很传统

门罩侧面的雕刻题材超乎想象

某位工匠的自我意识表达？这些都不重要了，它们与这古老的建筑已然融为一体。

　　青龙宫的后殿有诸多神仙的法像，我挺喜欢这里雷神、推云童子和雪花娘娘的造型。以前看日本漫画里的雷神之舞，还有在日本的博物馆里看到关于雷神的雕塑，都是背部有数面大鼓环绕的形象，原来在中国早就有之；推云童子看上去就像动画片里那个惹出祸端的小哪吒；雪花娘娘漂亮得当真不落俗套，让人想起梅上落雪，

又仿佛有点林黛玉雪中葬花的影子。

因为祈雨灵验,青龙宫的拜殿上挂着一面清朝光绪亲题的匾额"普惠中州"。旧时祈雨,当地官员要跟着祈雨队伍,抬着神灵们的小神像和灵楼,前往云台山的青龙峡,历时三天三夜。光绪当时其实题了两面匾额,另一面一模一样的就放在青龙峡。农历二月二是"龙抬头"的日子,也被认为是青龙的生日,所以这天是当地盛大的庙会日,我就是被网上河南省新闻宣传里的热闹场面吸引来的。

离开青龙宫的公交车上,同车的人操着不同于典型的豫剧腔调却近似山西的口音,应该是地道的武陟县人没错。元末明初,长期战乱导致这一带近乎成了无人之地。为此,明朝在焦作设怀庆府(包括今天的温县、修武、武陟等六县),并于洪武年间先后三次从山西移民至此。那时候黄河上并没有南来北往的大桥,更不存在20分钟就能抵达郑州的列车,天然阻隔使得这片区域的方言与

雷神

河南话鲜有交汇，最终形成了受"晋语"影响很大的地方方言。

  河南与黄河的关系，在武陟这个地方，还真有些剪不断、理还乱……

08

文以载道
——南山宫

在福建省华安县的汰溪北岸有几面大石崖，初见很平常，仔细看，崖壁上刻着一些奇怪的字符，有点像甲骨文，但又不是，字形中还带着篆体的圆润优雅。大文豪韩愈曾对其考证无果，至今也依然无人知晓其含义。这片石崖上的刻字被称为"仙字潭摩崖石刻"，被认为是中国东南沿海最重要的史前石刻之一，形成时间大约是在新石器时代到周代之间。

我隔着可以轻松蹚过的河水看着这些字，觉得有些神秘感，本想走近再去看看，奈何头顶的烈日让我发怵；露出来的河床被流水打磨得甚是光滑，此刻泛着白光，刺眼得厉害，让我更加不愿意靠近。我劝自己：万一那字迹附近有一个穿越时空之门，我可不想回到茹

◉ 福建省

南山宫

毛饮血的年代,要是南宋没准还能考虑考虑。

南宋打仗不行,但是自家日子还是过得很不错的,而且全体审美在线,即便是乡野间随随便便一栋房子,都盖出了仙逸之风,让人恨不得赶紧在屋前种上梧桐引凤凰,将芭蕉植在窗后好听一听夜雨。

这儿还真有这样一间屋子,叫南山宫44,在华安县良村,屈指一算快800年了,即便它曾在明朝大修过一次,从那往后算也有500年历史了,是毋庸置疑的古建筑。外地人未必知道南山宫,当地人前来焚香顶礼的历史却没断过。这不,如今为了保护古建筑,不能再有明火,便在旁边专门修了一间水泥屋子,让民众继续焚香、燃爆竹,宫里的神明闻闻风吹过来的香火味就好。

南山宫四四方方,全木结构,重檐歇山顶,它端

44

坐在麒麟山的山腰,背后群山如莲瓣合围,面前青峦似流水。道宫内的八角圆锥形旋式藻井蔚为壮观,斗拱据说不多不少 99 个,顶绘八卦太极图,与四方台基共成"天圆地方"之意。殿堂中央的四根红漆木柱,云龙缠绕,八仙飞现,柱础简洁如覆盆,如华彩自地涌,一望便知是南宋遗物。

大殿内的挑梁椽榫,于古朴中见得几分凝重,又因各种彩绘而得其简约明快;宫内宫外的木壁墙上绘有各色历史或神话人物,风流不曾随雨打风吹去,反倒是在岁月的长河里越发地招人喜爱,值得拍手连

八角圆锥形旋式藻井

壁画

连称妙。

我在宫内宫外兜兜转转,细瞧这些飞檐斗拱以及壁画和彩绘,心底有喜悦,脸上自然有笑意,被那些陆陆续续前来进香的乡民瞧见了,便得了很多善意。他们指给我看宫内的蜈蚣旗,上有五彩金线绣成的人物过百,栩栩如生;又指着两乘轿辇说,每一个都用了 48 两金粉——怪不得这宫内明明照不进太阳,却依然让人觉得金光映耀。

南山宫里主祀圣祖大仙(仙妈)和都统舍人公。宫中正面排列着七位仙妈的神像,左侧立着都统舍人公神像,最中央的仙妈相传为玉帝的三女儿投胎转世,精通医术、乐善好施,故受感激和崇拜(所以七仙妈就是七仙女)。据说都统舍人是天界的神位,能保佑发家致富,远在印尼爪哇岛都有信众无数。乡民说,每年农历

圣祖大仙七仙妈

三月初九、十一月初九分别是"都统舍人公"和"仙妈"的生日，但每隔三年的农历二月廿六的迎神赛会最热闹。一面蜈蚣旗需要15个壮汉轮流扛举，一副轿辇则由12个大汉抬行，届时百支响铳，鼓乐喧天，让我记得来看。

南山宫大门上的对联是副藏头联，"南国有光皆福地，山宫无处不仙家"，读起来气度非凡。也许此地真有仙气，于是我背朝云天，作揖深拜。

因为新修了条水泥路，如今去南山宫可以驱车直达，我们起先错过了路口，却因此得缘见到了早先的山门和一座古亭，过去上香的人会在这里歇歇脚，历代修缮南山宫的碑记也在这里。我读着无外乎"时间、姓名、捐赠款项"之类的文字，忽然意识到，仙字潭边生活过的先民是否还有血脉在世间流淌，早已无人知晓；上古的三坟五典也散轶四海，再无处可寻；即使如此，我们这个民族不愿忘本的倔强却不曾变过。

中华民族是非常喜欢记录的民族，"文以载道，以史为鉴"是圣人的垂训，亦是国民精神的内化。所以我想，那些祭祀大典上的舞者们，他们也并非单单是在表演，而是在仪式化的典礼中，表达着对神灵的恭敬，和对先祖的敬奉与缅怀。汰溪流入北溪，北溪汇入九龙江，九龙江奔赴大海，流水和光阴都很慢，也都很长，我们就这样一路走来。

知识扩展

藻井是什么？

● 天花是遮蔽建筑内顶部的构件，而建筑内呈穹窿状的天花则称作"藻井"，这种天花的每一方格为一井，又饰以花纹、雕刻、彩画，故名藻井。"藻井"一词，最早见于汉赋。清代时的藻井较多以龙为顶心装饰，所以藻井又称为"龙井"。此外，在沈括的《梦溪笔谈·器用》中还记载有藻井的一些别名："……古人谓之绮井，亦曰藻井，又谓之覆海。"

09

清凉无限
—— 涌泉寺

福州鼓山上,有座涌泉寺[45]。

在初夏的雨后,坐缆车缓缓上行。山中的油桐花开得正欢,在我们的脚下与白头鹎一起渐行渐远。身后的福州城就像是被诸多山峦捧在手心的一抔土,上面正在发豆芽,豆芽就是那些高楼大厦,在这个距离上,它们变得细长孱弱,一点都不像平日里那么财大气粗、耀武扬威的模样。

我们的终点是涌泉寺,出了索道站,到涌泉寺之间的山路也是此行的重点。五代时期,王审知在创办涌泉寺前身的时候,山路每隔一里设一凉亭,便于人们停歇。如今这些亭子都已重新修葺,但用途没变。群山环绕、江水紧抱的福州,夏天潮热之气散不出去,是出了名的

⊙ 福建省

涌泉寺的摩崖石刻

"热都"。唯有上得山来,才能有丝丝凉风相伴。凉亭大多设在路旁的开阔处,上有浓荫蔽日,下有山风飕飕,身处其中,何止是歇脚,周身都会觉得爽快至极。然而再怎么爽快,暂歇都不是众生来此的目的,最终还是为了能向上更好地前行。

这一路我们走得很慢,不仅因为那些凉亭,更主要的是因为路边的摩崖石刻让人不得不放慢步伐。这些摩崖石刻前前后后历经数百年,有上百平方米的面积,如今已经一并列入全国重点文物保护单位。石刻的题写者当中，有些在历史上已经找不到什么痕迹；有些则无论如何都会成为中国历史记忆的一部分。那些汉字，有佛偈之语，有惊叹之句，亦有佳文诗作，或许每一个中国人都能认识，但显然并不是每一个中国人都能看得到，看到的人也未必都会留意，留意的也未必都会在意——有些石刻位置偏高，要踩着苔痕爬上去才能近观；有些石刻被灌丛遮蔽了许多，需要轻轻拨开，还要留神藤蔓上的短刺。当然更多的就在路边，山路走累了，读上一读这些石刻，游山便多了不少跨越时空的陪伴，文人武将雅士高僧，都全了。

你瞧，那石上刻的不正是"忘机"二字？旁边还有"五蕴皆空"。看来，涌泉寺就快到了。

红墙两道，略高于人，但足以将山林与红尘隔绝在外。见僧人二位，一长一少，一着姜黄、一着鼠灰，行脚带风，长衫飘飘，在红墙之间并肩前行。我停下脚步，望着他们渐行渐远的背影，直到消失在转角。

转角有一方亭，侧有清溪，下临深谷。凭栏远眺，蓝天下只有翡翠的浪，还有忽然燃烧起来的一团"火焰"，那是赤红山椒鸟，雄鸟赤红，雌鸟

碑亭

金黄，在交织而舞。在这里坐一坐，一壑清风在怀，若不是旁边寺院的山门前两只狮子着实可爱，让人忍不住离座前往一看究竟，只怕是那天我都能忘了本来是要去寺庙里看看的。

这双狮与寻常不同，瞧不出公母，咧着大嘴，抱着藤球，侧目相望。寺庙的山门是燕子尾马鞍脊的歇山顶，四角飞檐之上覆盖着黄色的筒瓦，门也开得异常的大，前后通透，一眼便可以看到门后还有一座覆盖着黄琉璃瓦的碑亭，写着"南无阿弥陀佛"，想来应该是某位皇帝写的，否则不该有此种待遇。

山门上的匾额被宽大的屋檐挡住了，要走到跟前才能抬头看见，写的并非"涌泉寺"，而是"无尽石门"。说实话，我的心震了一下。此时我已经与碑亭直面而视，只不过我尚在山门外，"南无阿弥陀佛"几个字在山门内罢了，面对这无尽之门，这一脚，踏进去还是不踏？虽谈不上犹豫不决，我却真的停了一下。好在山门石柱上写着答案呢："净地何须扫，空门不用关。"

红墙依旧，呈弧形。山石破墙而入，青苔浸染墙裙，大木荫其上，花岗岩铺地，两侧有石塔数对，隔墙可见寺内巨大的观音菩萨像露出半个身子。人行其间，得静谧之意，又隐闻佛号，尽头是一木牌坊，造型简练，上面的"海天砥柱"四个大字却气势非凡，穿过牌坊回头再看,"回头是岸"四个字果然早已在此恭候多时。

我一开始想来涌泉寺,是听说这里有两座宋代陶塔。涌泉寺的主体建筑是屡次毁于火灾之后留下来的晚清式样(保留了部分明代构建),所以天王殿门口这一东一西两座7米高的八角九层砌叠而成的"庄严劫、贤劫千佛(分指过去佛、现代佛)"褐釉宝塔,便成了稀罕物。我见过的宝塔也不算少了,石的、砖的、铁的、木的、混搭的都有,但陶塔则大多是在博物馆里见的出土明器,现实中这么大的陶塔还是第一次见。然而与身后足以将后山遮住的巨大的天王殿相比,这两座陶塔依然显得孱弱细小。可越是如此,越会诱起你的好奇心,甚至有那么一点点怜爱之情,更要凑上前去仔细地看——两座塔的外表几乎一样,塔座上的莲瓣和力士有些呆板,唯有舞狮隐隐还有些张扬气。塔身瘦而娟秀,大唐的刚

牌坊

褐釉宝塔

健狂野已经消失，塔檐上的僧侣和护法神一副岁月安好的模样，更别提塔身上那上千尊跳出红尘、已面目模糊的佛像了。失去了唐朝的瑰丽之后，宋代的一切虽美，却又似乎变得有些拘谨，不够豁然。

除了我和同伴，这里没有游人。天王殿里的值班和尚坐在门口的椅子上睡着了。一阵风起，台阶下的罗汉泉汩汩之音随之入耳，东西陶塔上各72枚悬陶铃亦叮铃作响，似乎是老天有意想要说点什么给我们听。此时，我的目光恰好落到塔座上刻着的时间——宋元丰五年。宋元丰五年（1082年）不就是苏轼被贬黄州的那一年吗！

我记得这个，是因为我最喜欢的那首《定风波·莫听穿林打叶声》就是创作于这一年。被贬黄州（今湖北省黄冈市）让苏轼变成了苏东坡，历经磨难而成的豁达之气如清风朗月，从此照耀文坛，抚慰国人的心灵。"谁道人生无再少？门前流水尚能西！"（《浣溪沙·游蕲水清泉寺》），"且夫天地之间，物各有主，苟非吾之所有，虽一毫而莫取。惟江上之清风，与山间之明月，耳得之而为声，目遇之而成色，取之无禁，用之不竭。"（《前赤壁赋》），"划然长啸，草木震动，山鸣谷应，风起水涌。"（《后赤壁赋》）……这些无论什么时候想起来都能让人忘俗的文字，全是苏东坡在元丰五年写下的。

天王殿里的天王长相有些奇特，法冠扣得很低，显得额头很短，肚腩鼓胀，脸上并无表情，神采都在眉眼和嘴角。最有意思的是手拿琵琶的东方持国天王，眼角上翘，眼皮内凹如同有三重眼皮，看上去似笑非笑。大肚弥勒两边的对联写得好："日日携空布袋少米无钱，却剩得大肚宽肠，不知众檀樾信心时，用何物供奉？年年坐冷山门接张待李，总见他欢天喜地，请问这头陀得意处，有什么来由？"

涌泉寺大雄宝殿内的三世佛不着袈裟，只披汉装。我不清楚这是为什么，好像也没人解释得清楚，也许就是当初匠人一时糊涂搞错了也未可知。大殿后侧的木制供案，桌脚明显发黑，有被火烧过的痕迹，据说是桑丝木，涌泉寺经历多次火灾，它却安然无恙，自然也成了宝贝。只不过我怎么也查不到桑丝木究竟是什么木头，莫不是以讹传讹？

提一下，涌泉寺大雄宝殿和圆通宝殿都不是彻上明造①，而是有天花板的。大雄宝殿里的天花板上绘有团龙护珠、仙鹤高鸣，还有一些麒麟、白马、大象、猿猴等；圆通宝殿的天花板上则是佛教故事。这些绘画完成

---

① "彻上明造"，也称"彻上露明造"，指屋顶的梁架结构完全暴露的建筑物室内顶部做法，使人在室内一抬头就能清楚地看见屋顶的梁架结构。宋代木结构建筑中经常采用这种做法。

于清光绪八年（1882年），恰巧是陶塔烧制完成之后800年整。唯一遗憾的是这些彩绘画得一般，没什么艺术价值。也许，自从苏轼将那份豁达和明朗赠予了北宋之后，中国式审美的高峰就再也没有出现过了。历史上的数次火灾，让今天的涌泉寺，错过了那个高峰。不过，乐观的苏轼也许会说，那就再等上800年嘛，那时候起码它们就有历史价值了！

大雄宝殿

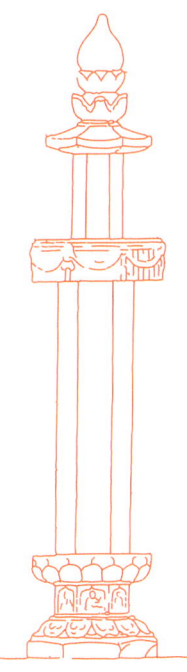

涌泉寺里有一个巨大的放生池，先前在红墙外看到的巨大观音菩萨像就矗立在放生池中央。山泉从池壁四周的石龙嘴里流出，汇集成池；数株闽润楠向池心倾斜而生，青苔满身，阴石蕨缠绕，浓荫压水。人行其旁，幽凉习习，妙处言语难表。而且人在池边，高度恰好可以望见红墙外有人进出，却看不见人面，细想之下，颇有禅机。

我和同伴走出涌泉寺后，遇到了一场透天彻地的大雨，身与心，俱是清凉无限。

知识扩展

中国传统寺院的建筑格局是怎样的?

● 传统的寺院一般由三殿四厢构成：三殿为天王殿、大雄宝殿与藏经楼。四厢则是偏生活化的功能建筑，有僧人居住的僧房，吃饭的斋堂，接待的客堂，打坐的禅堂。

● 寺院主建筑，都集中在中轴线上，一般有山门、天王殿、大雄宝殿、法堂、藏经阁、丈室等。天王殿前的东西还配有钟楼与鼓楼。东西配殿一般有伽蓝殿、地藏殿、文殊殿、普贤殿、观音殿、药师殿等。

"知识扩展"索引附录

历史悠久的赣州城墙	016
中国四大名塔分别是哪些?	028
长城修筑的历史与资源的主要分布	050
建筑在苏州古典园林中有什么作用?	060
苏州四大名园有哪些?	074
2008年列入《世界遗产名录》的福建土楼具有哪些特点?	096
一起了解潮州石雕	110
我们常说的"飞天"就是指神仙吗?	150
寺、庙、祠、庵、观如何区别?	162
什么是"抱厦"?	170
揭阳木雕有什么特点?	192
悬空寺为何千年不倒?	198
藻井是什么?	210
中国传统寺院的建筑格局是怎样的?	220

图书在版编目（CIP）数据

走！跟着山鹰访古迹 / 朱敬恩著 . — 广州：广东科技出版社，2024.11
（大自然博物记）
ISBN 978-7-5359-8259-9

Ⅰ . ①走… Ⅱ . ①朱… Ⅲ . ①散文集—中国—当代 Ⅳ . ①I267

中国国家版本馆CIP数据核字（2024）第014125号

走！跟着山鹰访古迹
ZOU! GENZHE SHANYING FANG GUJI

出 版 人：严奉强
选题策划：王 蕾 招海萍
特约主编：叶 瑛
责任编辑：熊拓新 招海萍
书籍设计： 张志奇工作室
插 图： 张志奇工作室
责任校对：曾乐慧 李云柯
责任印制：彭海波
出版发行：广东科技出版社
　　　　　（广州市环市东路水荫路11号 邮政编码：510075）
销售热线：020-37607413
https://www.gdstp.com.cn
E-mail: gdkjbw@nfcb.com.cn
经　　销：广东新华发行集团股份有限公司
印　　刷：广州市岭美文化科技有限公司
　　　　　（广州市荔湾区花地大道南海南工商贸易区A幢 邮政编码：510385）
规　　格：889 mm×1 194 mm 1/32 印张7.5 字数180千
版　　次：2024年11月第1版
　　　　　2024年11月第1次印刷
定　　价：49.00元

如发现因印装质量问题影响阅读，请与广东科技出版社印制室联系调换（电话：020-37607272）。